아름다운 이별

이지선 에세이

도서출판
청어

아름다운 이별

이지선 지음

발행처·도서출판 **청어**
발행인·이영철
영 업·실 자치신문
　　　　　　이동호
홍 보·최윤영
기 획·천성래 | 이용희
편 집·방세화 | 원신연
디자인·김바라 | 서경아
제작부장·공병한
인 쇄·두리터

등 록·1999년 5월 3일
(제321-3210000251001999000063호)

1판 1쇄 인쇄·2017년 6월 10일
1판 1쇄 발행·2017년 6월 20일

주소·서울특별시 서초구 효령로55길 45-8
대표전화·02-586-0477
팩시밀리·02-586-0478

홈페이지·www.chungeobook.com
E-mail·ppi20@hanmail.net
ISBN·979-11-5860-475-2 (03810)

이 책은 시흥시 문화예술보조금을 지원받아 제작되었습니다.

이 도서의 국립중앙도서관 출판시도서목록(CIP)은 서지정보유통지원시스템 홈페이지
(http://seoji.nl.go.kr)와 국가자료공동목록시스템(http://www.nl.go.kr/kolisnet)에서
이용하실 수 있습니다.(CIP제어번호: CIP2017005992)

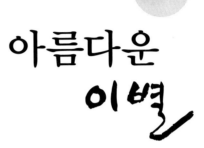

아름다운
이별

작가의 말

우리는 살면서 많은 것을 계획하고 설계하고 준비합니다.
꿈을 이루기 위해 시간을 투자하고 열정을 기울입니다.
다행히 그 꿈을 이룬 분들도 있고,
평생 간직하고 있는 분들도 있습니다.
그러나 우리가 계획하지 않았고, 원하지 않았고,
오지 않기를 바라지만
모두에게 어김없이 찾아오는 죽음에 대해서는
준비하기를 두려워합니다.
생명을 받아올 때 죽음도 같이 받아왔다는 것을
회피하고 싶어 합니다.

떠날 때 뒷모습이 아름다운 사람이 진정 멋진 사람이지 않을까요?
좋은 씨를 뿌려 좋은 나무로 가꾸어야 좋은 열매를 얻듯이
우리의 삶도 그럴 것입니다.
이제는 죽음이 두려워 회피하고 도망가려고만 하지 말고
죽음 앞에 정면으로 맞서 삶을 성찰하고 준비해야 합니다.
그래야 오늘을 아름답고 기쁘게 살아갈 수 있습니다.

여기 한 인간이 아름다운 이별을 위해
죽음을 앞두고 긴 여행을 준비하는 과정을
많은 사람과 같이 나누고자 이 글을 세상에 보내봅니다.

이지선

차 례

▮ 칼럼 ▮

축제의 시작

이지선

새 생명이 태어났다.
축제의 시작이다.
하고 많은 생명 중에 인간으로 태어남은
축제에 초대된 귀하고 귀한 생명이니
삶에서 주어진 모든 것은 축복이다.

태어나지 않았다면
태양이 그림자를 만든다는 것을
달은 빛을 받아 되돌려준다는 것을
별은 멀리 있어 반짝인다는 것을
어찌 알았겠는가?

태어나지 않았다면
밥을 눈물에 말아먹어야 하는 그 짭짤한 맛을
남의 돈을 받는다는 건 코에든 피가 익어야 한다는 것을
물과 땀과 피의 색깔과 맛이 다른 이유를 어찌 알았겠는가?

태어나지 않았다면
모든 것을 다 주고라도 바꿀 수 없는 무언가가 있다는 것을
보이지 않는 것이 세상을 움직인다는 것을
생명을 가진 모든 것은 사라져야 한다는 것을 어찌 알았겠는가?

모르고 태어난 이 세상이 축제의 시작이듯
알지 못한 저 세상에서의 태어남도 축제의 시작일 것이다.

아·름·다·운·이·별

날벼락

"날 좀 데려가 줘."

지인이 마련한 술자리에 나간 남편에게서 온 전화다. 걸칠 수 있는 옷을 들고 나갔다. 술을 마시다 오한이 든 남편은 바들바들 떨고 있었다. 그날 남편은 물을 퍼부은 것처럼 온몸이 땀에 젖었다. 많이 피곤해 보였지만 며칠 전에 큰맘 먹고 지어온 한약을 먹으면 괜찮겠지 생각했다. 한의사가 쓸개가 부었다고 해서 그 영향인가 보다, 그렇게만 생각했다.

결국 병원에 가서 이것저것 진찰을 받았는데, 의사가 큰 병원 응급실로 가 보라고 했다. 멀쩡한 사람더러 응급실에 가라고? 해질 무렵인데다 할 일이 많은 5월이었다. 또한 밤의 응급실은 얼마나 불편한가. 내가 내일 아침에 가자고 하니, 남편이 의사에게 전화를 걸어 그래도 되는지 물었다. 의사의 대답은 지금 당장 응급실로 가라는 것이었다. 투덜거리며 버스를 타고 부천 성가병원에 갔다.

교통사고로 들어오는 사람, 머리에 피를 흘리며 아우성치는 사람,

들것에 실려 오는 사람, 아비규환 속에 멀쩡한 둘이 서 있기도 미안하고 잘못 온 것 같다.

"응급실에 가라고 해서 왔는데요."

밤 늦게까지 여기저기 검사를 하던 의사가 며칠 입원을 하면서 검사를 계속해야 한다고 했다. 길 가다 낯모르는 사람한테 뺨 맞은 기분이다. 다행히 입원실을 잡았다며 곧장 입원하라고 해 병실로 갔다. 갑작스런 상황에 너무 어이가 없었고, 의외의 외출처럼 호기심까지 일었다.

"담낭이 부었다고 하더니 담석인가 봐. 담석은 맥주를 많이 마시면 빠진다는데, 핑곗김에 좋아하는 맥주 마실 수 있겠네."

그동안 성인병도 없이 그 나이에 젊은 사람보다 더 잘 뛸 수 있다며 큰소리치던 남편이다. 간단하게 생각했던 검사들이 복잡하게 진행되었다. 무슨 병이냐고 물어도 아직 결과가 나오지 않았다며 날마다 생소한 검사를 해댔다. 짜증이 났다. 오월 말쯤은 농장일이 정신없이 바쁠 시기다. 하지만 시간이 흐르고 계속되는 검사에 담석이겠지 했던 생각들이 조금씩 불안으로 바뀌었다.

일주일 동안 입원하고 있자니 인근에 사는 딸과 사위가 왔다. 아는 사람들도 찾아와 그동안 바쁘게 일했으니 누워서 쉬라는 식으로 가볍게 얘기한다.

대구에 직장이 있는 아들이 올라왔다. 여기저기 잔병치레는 많이 했지만 한 번도 병원에 입원한 일이 없는 아버지가 입원해 있다니 놀라서 온 것이다. 아들과 사위가 담당 의사를 만나고 오더니 안색이 좋지 않다. 나는 담석이 좀 커서 수술해야 되나 보다 했다. 아들이 나를 데리고 병실을 나왔다.

"엄마, 마음 단단히 먹어. 아빠가 담도암이래."

"담도암? 그게 무슨 암인데?"

담도암이라는 이름을 처음 들었다. 암이라면 돌아가신 큰시누이가 앓은 췌장암과, 동서가 투병 중인 위암이나, 아주버님이 수술한 대장암, 여자들에게 흔한 유방암이나 자궁암, 이런 종류는 알고 있었지만 담도암은 생소했다. 아들이 흐느끼며 말했다.

"암 중에 췌장과 담도암이 가장 힘든 거래. 치료해도 낫기도 어렵고, 재발율도 높고, 통증도 심하고."

아무것도 보이지 않았다. 머릿속이 텅 비어지고 다리에 힘이 스르르 빠지더니 땅에 주저앉았다.

'하느님! 어떻게 해야 합니까?'

애들이 나를 부축했다. 이 사실을 남편한테 어떻게 얘기해야 할지 우선은 그게 더 고민이었다. 무언가 심상치 않음을 눈치 챈 남편이 의연하게 말했다.

"속이지 말고 그대로 얘기해 줘. 난 괜찮으니까."

어차피 본인도 알아야 병과 싸울 준비도 하고 마음의 각오도 해야 할 것 같았다. 사실대로 얘기했다. 담담하려고 애쓰는 표정이 역력했지만, 얼굴 근육이 굳어진다. 그는 눈을 감는다.

그동안 살아오면서 많은 어려움도 겪었지만, 지금 이 순간 너무 암담하다. 차라리 위암이나 대장암이라면 얼마나 희망적일까? 그의 손을 잡고 흐르는 눈물을 감추었다.

"테오도라, 난 괜찮아."

남편은 종종 나를 세례명인 테오도라라고 부른다. 그는 다정하게 머리를 쓰다듬으며 오히려 날 위로했다.

우리의 인생 설계에 전혀 계산에 넣지 않았던 일이다. 나하고는 상관없는 주변의 일인 줄 알았다. 담도는 수술하기도 어려운 부위라고 한다. 사위가 선후배 아는 의사들을 통해 담도 수술을 잘 한다는 의사를 수소문했다.

"이 년만 더 살았으면 좋겠는데……."

"아버님, 꼭 살려 드릴게요." 사위의 장담이다.

백 살은 넘어 살 것처럼 장담하던 그의 입에서 2년이라는 기간의 시한부를 희망으로 말한다. 하지만 의사들은 남은 시간이 육 개월 정도라고 한다. 아들이 인터넷을 뒤져 담도암에 대한 정보를 수집하더니 더 심각해 했다.

나도 아는 의사들을 찾아다니며 최선의 방법을 찾아보고자 했다. 하지만 모두들 예후가 좋지 않다고 했다. 지금 이게 현실인가, 환상인가.

내 회갑기념으로 호주와 뉴질랜드 여행을 다녀왔다. 불과 석 달 전이다. 고생만 시켜 미안하다며 양쪽 형제들과 애들이 함께하는 조촐한 회갑연을 준비해 주었다. 한정식 집에다 축하 플랜카드도 걸어주고, '이지선 여사, 회갑 축하해요. 당신을 사랑하는 박소담'이라고 적힌 리본이 달린 꽃바구니도 준비한 그. 나를 위해 색소폰 연주도 해준 그가 가장 낫기 어렵다는 담도암이라니…….

강동 성심병원의 김 박사와 면담을 했다. 수더분하게 생긴 의사는 오히려 권위적이지 않아서 편안한 느낌이다. 아는 이들이 여러 병원의 의사들을 추천했지만, 남편은 그 의사를 마음에 들어 했다.

모든 자료를 검토한 의사는 다행히 수술을 할 수 있다는 결론을 내려 주었다. 담도는 항암이나 방사선 등 다른 약들이 없다고 한다. 수술을 할 수 있는 상태인지, 아니면 그 시기가 지났는지 둘 중에 하나란다. 다행히 그가 수술하기에 딱 적당한 때라는 의사의 말은 구원을 알리는 음성 같았다.

수술을 예약하고 집에 왔다. 쭉 지내온 집인데 갑자기 뭔가 예전과 다르게 느껴졌다. 단조롭고 힘들고 일에 지쳐 살던 일상들이 새롭고 소중하게 느껴졌다.

농장에 갔다. 노후를 아름답게 지내고 싶은 희망으로 이 농장을 가꾸었다. 퇴직하고 십 년을 공들였다. 남들은 부모한테 물려받은 땅이지만 우리는 직장생활 중에 어렵게 장만한 땅이라 그 어떤 곳보다 소중한 농장이다. 농장이라고 부르기는 작은 규모지만 우리의 꿈과 생활터전이다.

봄부터 가을까지 꽃이 피고, 각종 나무에서 탐스러운 열매가 주렁주렁 달리는 것을 보는 것, 손자나 자식들이 오면 언제고 무엇이든 줄 수 있고 볼 수 있게끔 하는 것, 친구들이나 지인들이 시골 고향이 그리울 때 부담 없이 놀러올 수 있는 소박한 농장. 이게 우리 부부의 노후 꿈이었다. 내가 항상 무언가를 줄 수 있어야 노후가 외롭지 않을 것이라는 생각에서 설계한 터다.

내가 40살이 되기 전에 이 농장을 준비했다. 대출에 전세를 빼고, 돈이 되는 것을 다 팔고도 남편은 중동에서 몇 년을 더 고생해야 했다. 싸워가면서 만든 원두막, 무거운 돌들을 주워 오고 실어 와 만든 연못.

몇 번이고 물이 새어 방수하고 보수한 연못에는 하프를 켜는 천사의 머리 부분에서 분수가 나온다. 남편은 그 동상을 만드느라 며칠 밤을 새웠다. 석고도 어려울 텐데 시멘트로 손수 만들었다. 철골을 넣어 세워야 하고, 표정이 맘에 안 들면 굳어가는 시멘트를 다시 뜯어내고 새로 시작해야 했다.

그래도 얼마나 즐거웠던 일인가? 붕어, 미꾸라지, 우렁이들이 사는 연못을 보니 눈물이 난다. 오월 말, 주변에 심겨 있는 꽃들은 밉상스럽게 화려하다. 항상 보는 꽃들이 생소하게 느껴진다. 남편은 한참이나 말없이 농장을 거닐었다.

포도 꽃이 피었다. 우리 포도는 근교에서 유명하다. 맛이 좋은 만큼 좋은 값으로 팔리기도 하지만, 포도밭은 어린이 학습장으로 활용하기도 한다. 방송에도 몇 번인가 소개된 적이 있다. 포도를 팔 때쯤이면 양로원 어르신들을 모시고 위문공연도 하고, 동호회나 친구들, 교우들이 모임도 하고, 잔치도 하던 곳이다. 모두들 자기들의 노후에 우리처럼 살고 싶다는 꿈을 꾸는 농장이기도 하다.

이제 살맛을 느낄 때인데. 중동 해외근무 십 년을 하고 퇴직한 후 이 농장을 일구느라 또 얼마나 애썼는지. 알지 못하는 농사일에 술 사주어 가며 여기저기 물어 배우고 영농 교육도 다니고 이제 조금 무언가 눈에 보이는 듯한데……

며칠 전만 해도 우리는 땅을 파고, 풀을 뽑고, 포도나무를 손질했다. 복숭아를 더 솎아 주어야 하나 그냥 놔두어야 하나, 사과에 약을 줄까, 더 있다 주어도 되는가 하는 사소한 일로 언성을 높이며 싸우기도 했다. 지금 이 순간, 그동안 중요하다고 생각했던 모든 일들이 아무것도 아니게 느껴졌다. 남편이 이 세상에서 없어질지도 모르는데 풀이 좀 난들 어떻고 안 난들 어떠한가.

집에 오자 그동안의 생각이나 습관이나 먹는 것이 다 바뀌었다. 그는 음식을 짜게 먹었다. 싱겁게 먹어야 하는 나와 밥상머리에서 항상 언쟁을 했다. 싱겁게 맛없이 먹는 것보다 맛있게 먹고 굵고 짧게 사는 게 낫지, 이렇게 맛없이 싱겁게 먹는 게 더 스트레스라며 투정을 부리곤 했다. 아예 싸우기 싫어 소금과 간장을 식탁 위에 놓았는데 이제는 짜게 먹으면 안 된다고 본인이 챙긴다.

인터넷에 나오는 암 관련 글들은 자기주장이 다 옳고 최선인 것처럼 떠돈다. 좋다는 약은 왜 이리 많은지 무엇을 먹고 나았다느니, 어디 가면 치유된다느니, 누구는 산에 가서 나았고, 누구는 어느 교육을 받고 나았다느니, 책도 수백 권이고 민간요법도 수백 가지다. 그만큼 치료가 어려운 병이라는 얘기다.

자전거 눕다

이지선

코스모스 핀 호조 벌을 휘파람 불며 달리고픈 자전거
창고에 엎디어 흑흑거린다

학비와 생계를 자전거에 태우고
매달려 떨어질 것 같지 않은 가난을 털어내려
페달을 더 빨리 돌려야 했던 그의 젊음은
심장도 바쁘게 펌프질했다

자동차로 바꾸어 가난을 따돌릴 때쯤
자전거를 샀다
가난보다 더 두려운 것을 털어내고 싶은 마음일 게다
몸 속 깊이 세력을 키워가는 암의 속도는
자전거 속도보다 더 빨라 목적지에 먼저가 기다리고 있었다
그가 헉헉거리며 페달을 돌리자 자전거도 헉헉거렸다
빨리 가기보다 늦게 가기가 더 어려워
주인이 눕자 같이 누웠다

희망을
가지다

아침 8시에 수술실로 내려갔다. 교우들과 형제들, 가족들이 기도하며 기다렸다. 11시간의 수술은, 초조하게 기다리는 가족들의 피를 말리게 했다. 오랜 수술 끝에 수술실에서 나온 그의 얼굴은 얼마나 부어있던지 알아보지 못할 정도였다.

밤 8시가 되어 의사가 수술한 부위를 들고 나와 설명해 주었다. 돼지 내장 같았다. 쓸개를 떼어내고, 간을 자르고, 위장을 잘라 십이지장과 연결하고, 담도를 절제 하는 어려운 수술이었다. 수술은 성공적이라고 하는데, 떼어낸 암 조직을 검사해봐야 정확하게 알 수 있다고 했다.

의식을 회복한 남편은 극도로 불안해하며 내가 죽을 것 같으니 집으로 가자고 졸랐다. 한 번도 병원에 입원하지도 수술해 본 일도 없는 그가 마취에서 깨어나면서 당황스러웠나 보다.

일단 수술을 했다는 것만으로도 행복했다. 우선은 희망을 가질 수 있었기 때문이었다. 간호하는 동안 힘들다는 생각을 한 적은 한 번도 없었다. 이제 살았구나. 희망이란 얼마나 허황된 감상인가? 이런 때는 나만은 예외적으로 잘 될 거라는 기대를 가지고 싶다. 몇 천 명 중에 한 명의 기적이 있다면 그게 나이고 싶다고 기도했다. 많은 친구들이 놀라 문병을 왔다. 평소에 건강하다고 큰소리쳤던 남편이기에 그들도 당황해했다.

그동안 단 둘만의 시간을 가져본 게 처음인 것 같다. 모든 욕심과 의욕과 자존심을 내려놓고 한마음으로 일치되어 있는 시간이 이 병원이라니. 직장관계로 떨어져 있는 시간도 많았지만 같은 곳에 있을 때는 남들보다는 같이 있는 시간이 많았다고 생각했는데 대부분은 일치된 마음이 아니었다.

농장일이 급했다. 포도는 그때그때 손보지 않으면 버려지는 과일이다. 다행히 이웃들이 일을 해 주기도 하고, 동호인들이 와서 도와주기도 했다. 평소에는 가장 하찮게 생각했던 일이 병원에 와 보면 가장 소중하다는 것을 느낀다. 밥 먹고, 똥 싸고, 오줌 싸고, 방귀 뀌고, 숨 쉬는. 평소에는 방귀를 뀌면 창피할 일이지만, 여기서는 수술 후 안 나오면 문제가 된다. 이렇듯 일상적인 것들의 안녕이 우리의 삶을 좌우한다.

조직검사 결과를 보러 갔다. 동갑인 시누이와 같이 갔다. 의사의 목소리가 너무 침착해 불안하다.

"생각보다 진행이 되었네요. 암 세포가 임파선을 타고 다른 장기로 나갔어요. 이곳은 재발이 되면 수술이 안 됩니다."

의사의 말은 내 가슴에 비수로 꽂혔다. 망치로 얻어맞아 머리가 핑 돈 느낌이다.

"5년 생존율은 40%입니다."

'그래도 하느님이 40% 안에는 들게 해주시겠지. 재발하지 않도록 최선을 다하면 괜찮겠지.'

그래도 희망 쪽으로 생각했다. 그래 괜찮을 거야. 악하게 살지도 않았는데 하느님이 봐 주시겠지.

병원 세상은 일반 세상하고는 너무 딴판이다. 석 달 넘게 중환자실에 있는 딸을 살피고 있다는 한 엄마는, 밖에 있는 동안은 세상 걱정 없이 살았다고 한다. 남편은 남들이 부러워하는 직장에 억대가 넘는 연봉에다, 아들도 일류대학에 재학 중이고, 딸은 선생이 될 참이었다. 남들의 어려움은 자기와는 상관없는 먼 나라의 일처럼 여기다 보니 신앙은 가지고 있지만 본인의 처지를 자랑하기 위한 사치처럼 여겼다고 한다.

그러던 어느 날, 교생 실습을 나가던 딸이 엄마와 같이 준비물을 정리하다 15층 아파트에서 갑자기 뛰어내려 온몸이 망가지고 겨우 숨만 끊어지지 않은 상태로 지금까지 중환자실에 있다고 했다. 사회에 첫 발을 내디디면서 스트레스를 많이 받은 것 같다고 한다. 그 엄마는 딸만 회복이 되면 세상에 아무 욕심도 부리지 않겠다며 그동안 너무 교만하게 살았다고 자신을 자책했다.

다행히 딸이 남의 승용차 위에 떨어져 죽지는 않았다고 한다. 그러나 내가 보기에는 정상으로 회복하기가 어려울 것 같은데 엄마는 희망을 놓지 않고 있다.

일하다 갑자기 쓰러져 식물인간이 되어 누워있는 28세 아들을 반년 넘게 간호하고 있다는 다른 엄마는, 시골에서 농사를 짓다 올라와 내려가질 못하고 있다.

공사장에서 떨어져 수술을 받았는데 아물지 않아 몇 번이고 재수술을 받아야 하는 젊은 남자의 보호자는, 너무나 어려보이는 신혼인 여자였다.

시아버지가 오랫동안 앓아누워 지겨운데, 돌아가실 것 같아 응급실에 왔더니 다시 살려 놨다고 투덜거리는 며느리도 있는가 하면, 그동안 불효하던 자식이 어머니가 중환자실에서 숨을 거두자 살려 내라며 병원을 온통 뒤집어 놓기도 했다.

입원하고 있는 동안, 둘만을 위한 둘만의 시간을 가질 수 있었다. 온전히 내게 의지하는 남편과, 남편에게 온 신경을 집중하는 내가, 평소에 느끼지 못했던 일치감을 충만으로 느꼈다.

다시 살아난 기분으로 퇴원했다. 의사가 여러 가지 주의사항을 말했다. 비싼 민간요법은 돈 낭비고 효과가 없다, 목욕을 자주 하고 너무 무리하지 마라, 담도암에는 특별한 약도 없고 방사선 치료나 항암 치료도 별 효과적이지 않다, 5년 생존율은 40%다…….

사람들은 항상 자기한테는 긍정적이고 싶어 한다. 남들은 몰라도 우리 남편은 40% 안에는 들겠지 하고.

집에 오자 그는 조금씩 자신을 내려놓았다. 사람은 약해질 때 인간적으로 되어 간다.

"지난번 형님 병원에 계실 때 자주 찾아가 봐야 했는데. 너무 소홀히 한 거 같아. 내가 아파보니 환자의 심정이 이해가 가. 어느 땐 제수씨한테 화를 내서 죄받은 것 같기도 하고."

이 년 전에 대장암으로 아주버님이 수술하셨는데 다행히 초기라서 건강을 회복하셨다. 일 년 전에는 아랫동서가 위암 진단을 받았다. 초기라서 수술을 하면 완치할 수 있는데도 수술을 거부했다. 자연요법으로 면역력을 키워 치유하겠다고 해 가족들과 마찰이 심했다. 아직 오십 전이고 애들도 초, 중, 대학생이라 엄마가 필요했다. 수술하라면 이혼하겠다고 하니 자연 언쟁이 심할 수밖에.

동서는 결혼 전에 간호사로 근무했다. 그녀가 병원에 있으면서 본 경험으로는 수술을 하고 나서도 결국 재발하여 죽는 경우를 많이 보아온 것이다. 그때만 해도 80년대였기에 암은 극복하기 어렵기도 했다. 그러나 지금은 아니지 않은가.

동서의 머리에 박힌 신념을 누구도 변화시킬 수가 없었다. 더욱이 본인은 아이들 때문에 살아야 하니 수술은 받지 않겠다는데 누구도 말릴 수가 없다. 그러니 형제들과 언쟁이 많았다. 특히 남편은 더 그랬다. 그 시동생을 우리가 키웠고 결혼을 시켰으니 남달랐다.

이런 저런 일들을 막상 자기도 당하고 보니 마음에 걸린 모양이다. 그는 조금씩 변화 되어 갔다. 가까운 소래산이라도 올라가라고 해도 밭에서 일하는 것만으로도 충분하다더니 열심히 산에도 오르고, 몸에 좋다는 채소들을 사 날랐다.

그에게 억지로 휴가가 주어진 것이다. 집에 오자 그는 그림을 그리고 싶다며 큰 책상을 사왔다. 노래를 취입하겠다고 학원을 다니다 근

래는 색소폰에 빠져 입술이 부르트도록 연습을 해 공연도 다니고, 양로원에 봉사도 다녔다. 한때 그림에 빠져 전시에도 나가고 하더니 아직 그 미련이 남았나 보다. 하고 싶다는 것을 말리고 싶지 않았다. 더 늦어 후회하기 전에 그가 하고 싶다는 것은 다 할 수 있게 해 주고 싶었다.

십 년 동안 중동 건설회사에 파견되어 몇 번의 죽을 고비를 넘겼다. 부모와 많은 형제들. 그때야 다들 그랬지만 산다는 게 너무 버거운 시절을 지나, 이제 조금은 자신을 위해 살아갈 수 있을 때, 그를 방문한 암.

다른 남자들은 아내 앞에 가는 게 복이라고 말할 때 자기는 아내보다 오래 살 거라 했다. 자기가 더 오래 살아, 내가 아프면 자기가 간호해주고, 장례를 잘 치러주고, 시비(詩碑)도 멋있게 세워주고, 그때 안심하고 죽을 거라 해서 나는 행복한 여자라고 떠들고 다녔다.

아픈 시어머니를 모시고 살면서 그가 느낀 것이다. 자식이 아무리 많아도 배우자만큼 만만하진 않다는 것을. 자기가 먼저 죽으면 내가 늙어 아팠을 때 자식들한테 짐이 되는 게 용서가 안 된다던 남편이다.

삼 개월마다 병원에가 진찰을 받았다. 갈 때마다 가슴이 조마조마하다. 의사의 표정 하나하나가 신경 쓰인다. 잘 먹어도 체중이 늘지 않는다. 암은 체중이 늘지 않는다고 해 그러려니 했다. 아마 먹는 것도 채소 종류이니 살이 찔 것 같지도 않았다. 다시 양로원에 노래 봉사를 시작했다. 예전과는 다르다. 둘이서 같이 봉사 하고, 일할 수 있고, 마주 보며 밥을 먹을 수 있다는 게 이처럼 행복한지 몰랐다. 이전엔 서로 자기주장만 하다 싸우는 날은 혼자 살면 십상 편하고 좋을 것 같다고 생각했었다.

어느 땐 혼자 현관문을 열다 가슴이 찡해왔다. 이 집에 나 혼자 있다면 얼마나 황량할까? 남편이 아픈 상태로라도 옆에 있다는 게 얼마나 위안인지 모른다.

그동안 성당에 여러가지 활동도 하고 신앙생활을 했다고는 하나 절실한 기도생활은 아니었다. 이제 인간의 능력이 한계에 다다르자 하느님께 의지하는 처지다. 인간이 오만해질까봐 신은 시련을 주신다고 하던가?

수술 후 몸이 괜찮아지는 듯 했다. 서점에 가서 암에 대한 관련 책들을 샀다. 수많은 책들에는 자기 회사제품을 홍보하는 책들도 많고 건강식품 홍보도 많다. 다급한 환자들은 혹시나 하고 이것저것 사들이고 먹고 싶어 한다. 누구는 그것을 먹고 나았다는데 하면 옆에서 지켜보는 가족들은 아니라고 말릴 수가 없다. 서운해 하고 서러워 해서다. 병원비는 다행히 의료보험에서 많은 혜택을 준다. 병원비보다 이런 게 돈이 더 든다.

암환자가 있는 집안의 가족은 암 전문가가 된다. 차가버섯, 상황버섯, 키토산, 홍삼, 허브 티, 겨우살이, 커피관장이니 효소니 좋다는 민간요법의 약들이 너무 많아 정신이 없다. 병이 생기기 전 예방 차원에서 먹어야 효과적인데 암이 승리의 깃발을 꽂은 다음은 늦은 것이다.

인터넷이나 언론 매체에서 어디 누가 어떤 식으로 암이 나았다는 얘기를 들으면 온 귀가 그곳에 쏠린다. 본인도 금방 그렇게 나을 것 같이. 이슈가 된다는 얘기는 그게 흔하지 않다는 말이다.

암 말기에 병원치료를 거부하고 산으로 가 십 년 넘게 살고 있다는 신○○에 대해 그는 관심이 많았다. 여러 루트를 통해 연락처를 알아낸 남편은 그를 만나고 싶어 했다. 살아난 비법이 있다면 돈 주고라도 사고 싶었다.

지방에 사는 그를 물어물어 찾아갔다. 오십대 후반의 그는 시골에서 터를 잡고 농장을 했다. 서울에서 사업을 하다 암이 온몸에 퍼져 수술도 어려웠다. 세 번인가 항암치료를 하다 너무 힘들어 포기하고 혼자 시골로 내려왔다. 형편이 어렵지는 않아 좋다는 것은 다 썼으니 무엇이 약이 됐는지는 모르지만 이젠 완전히 나았다는 것이다.

공기 좋은 데서 몇 달만이라도 같이 먹고 자고 생활하다보면 무언가 달라지지 않을까 하는 욕심이 생겼다.

그러나 그와 얘기하다 은근히 화가 났다. 그의 말대로라면 한 달에 수백만 원 정도가 들어가는데 본인이 취사를 다 해야 하고 그렇다고 낫는다는 어떤 보장도 없다. 다급한 암 환자들을 상대로 하는 사기꾼 같은 느낌이 들었다. 매스컴이 그렇게 상술화 시켰는지도 모른다.

삼 개월마다 검사를 했다. 방사선의 노출이 염려되었지만 거부할 수도 없다. 괜찮습니다. 하는 의사의 말이 판사의 판결문처럼이나 긴장하게 한다. 이상하게 육 개월이 지나면서 몸무게가 조금씩 줄어드는 게 마음에 걸렸다. 그동안 식단이 채소 위주로 바뀌다 보니 살찔 원인이 없다고 스스로 위안했다.

근처 병원에서 백혈구 검사나 간 기능검사 혈당 검사를 열심히 했다. 모두 정상이란다. 오히려 나보다 좋았다. 나는 신경이 너무 곤두섰는지 온몸이 이상하다. 피부가 톡톡 쏘고 배가 뒤틀리고 가슴이 답답하다. 숨이 막히는가 하면 눈알이 아프다. 병원에서는 신경과민이란다.

농사는 주변사람들이 도와주기도 하고, 사람을 사서 하기도 했다. 포도가 익자 유치원생들 단골손님들이 찾아왔다. 내년에는 포도가 없을지 모른다는 말을 하자 모두 친정집이 없어지는 것 같다며 서운해 한다. 단골들한테는 나물이나 채소, 과일 등을 친정처럼 싸주기도 했으니 서운할 것이다.

남편은 이게 마지막이다 싶어 오는 손님들을 즐겁게 하기 위해, 노래도 불러주고 하모니카와 색소폰도 불어 주었다. 봉사 다니던 양로원 어르신들도 모셔다 포도 잔치도 하고, 아는 사람들을 불러 위문공연도 했다.

포도를 팔기보다 주고 싶은 사람들에게 날라다 주는 게 더 많았다. 친척들, 형제들, 친구, 양로원 등. 줄 수 있다는 건 기쁘고 행복한 일이었다. 우리가 살고 싶었던 노후가 이런 모습이었는데…….

하루하루가 너무 소중했다. 내일은 남편과 같이 하지 못할 수도 있다는 생각에 매사를 같이 다녔다. 애들도 아버지에 신경을 많이 썼다. 아버지가 가지고 싶어 하는 엠피쓰리 플레이어를 사준다거나 새 노트북을 사주기도 하고 옷을 사 주기도 했다.

아버지의 강한 성격에 상처 많은 아들은 아버지에 대한 불만이 많았다. 둘은 속 있는 대화를 안했다. 모든 수컷들은 둘 이상만 있으면 주도권 싸움을 한다. 부자지간도 예외는 아니다. 아들이 성장하면 조금씩 아들에게 자리를 내어주고 인정해 주어야 하는데 자기 권위에 도전하는 라이벌로 생각한다. 그러다 보니 아들은 집안의 방관자다. 그게 아버지로써는 불만이었다. 이런 감정의 골이 부자간에 긴장을 만들었다. 이제 아버지는 보호해야 할 대상이다. 아들은 리더의 책임감을 느꼈는지 예전과는 다른 모습이다.

천주교회에서 신부님이 운영하는 암환자를 위한 프로그램을 신청했더니 입소하라는 연락이 왔다. 호스피스 병실과 같이 운영되는데 암환자들의 정신건강과 면역력을 증강시키는 칠박팔일의 교육이다. 여러 상황의 환자들과 같이 정보도 교환하고 동변상련이라고 서로의 아픔을 이해하기에 좋은 듯했다. 그곳을 다녀온 남편은 암을 이겨낼 수 있을 것처럼 자신에 차 있었다. 열심히 산에도 다니고, 몸에 좋을 것 같은 음식은 열심히 먹었다. 채소즙을 내랴 무공해 채소를 기르랴 농사일을 하랴 나는 힘들고 피곤하다.

그렇다고 내색도 못한다. 웃어야 한다. 애들이 왔다 갔다 하지만 크게 도움 되지는 않는다. 그들도 그들의 생활이 있고 가정이 있으니 바쁘다. 부모가 건강하게 살다 갑자기 죽는 것도 자식에게 큰 부조다.

내가 아픈 거 보다 남편이 아픈 게 애들이나 주변사람들에는 차라리 낫다는 생각을 했다. 어차피 둘이서 똑같은 날 세상을 떠날 수 없다면, 잘 견딜 수 있는 쪽이 남아있는 게 더 좋지 않을까. 마음대로 할 수만 있다면……

신을 향해 걷다
- 기도

이지선

오늘도
당신을 향해 걷습니다

언제나 그 자리에
나를 기다리는 당신

당신이 기뻐할 선물을
준비하지 못해
주변을 서성이다
들꽃 한 아름 손에 듭니다

당신에게 가는 길이 외롭지 않도록
들꽃 씨를 뿌려 놓은
당신의 깊은 속내를
늦게,
아주 늦게야 깨닫습니다

두려움,
현실이 되다

그해 겨울은 나을 수도 있다는 희망이 있어 행복했다.

살얼음 위의 안전이라고 할까.

동서가 위암 판정을 받고 공기 좋은 데를 찾아 평창으로 이사 간 지 이 년쯤 되었다. 본인이 살아야 어린애들을 키울 수 있다며 전국에 좋다는 데는 다 찾아다녔다. 내 집도 걱정이지만 그 집은 더 걱정이다. 내가 해 줄 수 있는 것은 채소스프가 좋다고 하면 그 재료를 구해 보내주거나, 무공해 과일 등을 보내주는 정도다.

초기에 수술을 했으면 좋았을 것이다. 자기는 꼭 살아야 하기에 자연요법으로 치유하겠다고 장담하다가 문제가 커진 것이다. 통증이 있어 병원에 갔더니 손을 쓸 수 없다는 것이다.

신앙이 좋은 동서는 마음으로 모든 걸 정리하고 부천 성가병원 호스피스 병실로 왔다. 부천에서 살았기에 볼 사람, 만날 사람, 의지할 사람이 부천에 있는 것이다. 잘 살길 바랐는데 우리보다 더한 처지가 가슴 아프다.

동서는 환자 같지 않게 평화로워 보였다. 본인도 어려운데 봉사도 많이 다녔다. 천국에 간다는 확신 때문이리라. 남편은 아침마다 목욕하고 무릎 꿇어 기도했다. 동서를 낫게 해 달라는 기도다. 본인보다 동서를 위해 더 간절히 기도하는 모습이 성스럽기까지 하다.

동서는 붓글씨를 잘 썼다. 그 솜씨를 이용해 예쁜 종이에 성서 구절을 써 문병 오는 사람들에게 나누어 주었다. 내게 아픔과 상처를 많이 준 동서는 또다시 내게 부탁했다. 조카들을 잘 돌봐달라고.

남편은 온 정성을 다했다. 본인이 먹던 건강식품이나 필요하다는 것은 다 주었다. 서운하게 했다고 생각했던 것들에 대한 미안함일 것이다. 본인이 당하고 보니 더 안타깝고 공감이 가나 보다. 하루하루 죽어가는 동서를 볼 때 남의 일이 아니었다.

"형님, 지금 생각하니 제가 고집부린 게 후회가 되어요. 그때 형님 말을 들을 걸. 그때는 제 생각이 옳은 것 같았어요. 친언니처럼 제게 잘 해주셨는데……. 그동안 형님 속 많이 썩혀드려서 죄송해요. 용서하세요."

동서는 애들 때문이라도 꼭 살아야 한다며 전국을 돌아다녔다. 공기 좋다는 곳, 좋은 약이 있다는 곳을 찾아다니던 동서도 떠났다. 환하게 웃는 영전 사진이 가슴 아리다.

시동생이 고등학교에 다닐 때 누나를 따라 여호와의 증인에 나갔다. 나는 그때 신앙생활을 하지 않던 때라서 별 상관은 안했지만 공부를 해야 할 때 너무 그곳에 메여있다는 생각을 했다.

"삼촌, 대학 가려면 공부를 해야 하는데."

"몇 년 후면 세상이 종말이 온다는데 대학 가면 뭐해요."

"종말이 올 때 오더라도 오늘까지는 자기위치에서 최선을 다 해야지요."

"그래서 지금 최선을 다 하는 중이예요."

그러던 중에 군에 가게 되었고 제대 후에도 기다리던 종말은 오지 않았다.

기다리던 종말이 오지 않아 실망했는지 아니면 군대에서의 새로운 각오를 했는지 제대 후에야 대학을 가겠다고 나섰다. 그러나 부모님은 능력이 안 된다고 단호히 고개를 저으셨고, 가르쳐야 할 자식이 셋이나 있는 큰형님도 냉정하게 거절하셨다.

배움에 한이 많은 남편이,

"네가 꼭 공부를 하고 싶으면 열심히 해 봐라."

그동안 종말을 준비하느라 못했던 공부를 해야 해서 2년 가까이 학원에 다니며 재수를 했다. 그 모든 비용은 우리의 몫이었다. 몇 개씩의 도시락을 싸야 했다. 없는 살림에 도시락반찬은 얼마나 버거웠던지.

새벽에 나가고 자정이 되어 들어오는 삼촌은 괜찮은 야간대학에 합격했다. 재수 중에 남편이 사업한다고 들썩이다 다 거덜 나고 빈손이었을 때도 어느 누구의 도움도 청할 수 없어 서로가 얼마나 힘들었던지. 주간에는 등록금을 벌어야 한다는 계산이었지만 그렇게 융통성이 있는 청년은 아니었다.

늦은 나이에 졸업을 하고 취직이 되었을 때 이제는 서로가 고생한 보람을 받으면 되겠구나 했다. 그러나 대학 내내 공부만해서 4년 동안 장학금을 받은 성적이 우수한 청년은 사회에 적응을 못했다. 할 줄 아는 건 오직 책과 공부뿐이었다. 착하기는 너무나 착해 주변사람 한테 '아니오' 소리를 못하고 모든 걸 자기 탓으로 돌렸다.

나를 따라 천주교 신자가 된 삼촌은 결혼도 신부님의 동생과 하게 되었다. 이제는 모든 게 잘 되었구나 싶었다. 하지만 신혼의 기분이 가시기도 전에 신입사원이던 삼촌이 회사에 무역 업무를 보다가 미숙한 일처리로 문제가 생겼다.

일을 배워야 하는 신입사원이고 일이라는 게 결제한 윗사람의 책임이 더 클 터인데 모든 걸 자기 탓으로 자책하다 정신문제까지 생겼다. 정신병원에 입원하게 되었다.

그런 와중에 동서까지 같이 입원하겠다고 자청한 것이다. 시동생이 갈팡질팡할 때 다단계에 빠진 동서가 결국 살던 집까지 날려버리게 되고 그 뒷수습을 내가 해주어야 했다. 집안의 어려운 일은 큰집이 아니라 내가 처리해야 했다. 같이 동고동락을 하지 않은 큰형이나 큰동서는 시동생의 아픈 처지가 나만큼 뼈에 사무치지는 않은 것이다. 동서가 정신병원에 입원하겠다고 우긴 것은 또 얼마나 황당한 일이었는지 나중에야 알게 된 나는, "머리 검은 짐승은 거두는 게 아니다"라는 말이 맞구나 싶었다.

내 자식 두 명보다 시동생을 더 챙겼다. 부모 밑에서 자라야 하는데 부모의 정을 느끼지 못하고 어려서부터 형 밑에서 자라야 하니 불쌍하기도 하고 착해서였다. 애들한테는 돈을 아껴 쓰라고 잔소리했지만 시동생한테는 용돈을 넉넉히 주려고 했다. 이런 나를 보고 친정어머니는 다 소용 없으니 내 자식 하나 더 낳아 기르라고 했다. 그러다 보니 애들은 불만이 많았다. "나중에 삼촌이 너희들 용돈 많이 줄 거야" 이렇게 달랬지만 용돈을 받지 못했던 것이다.

그러다 결혼을 하게 되었다. 이 집안의 분위기는 유달리 겉으로 표현하는 스킨십이 많다. 형제들끼리도 서로 껴안고 인사하고 뽀뽀하고 하는 게 자연스럽다. 아주 엄격한 집안에서 시집 온 동서는 결혼한 시동생이 형수한테 스스럼없이 껴안고 인사하니 당황스럽고 놀랐을 것이다.

그때는 남편이 중동에 파견근무를 하던 때라서 동서의 눈에 예사롭게 보이지 않았던 모양이다. 시동생의 친구들을 찾아다니며 시동생과 나와의 사이가 보통의 형수와 시동생의 사이가 아닌 것 같다며 뭔가 꼬투리를 찾으러 캐묻고 다니는가 하면, 그의 오빠인 신부님한테 이런저런 상상의 오해를 현실처럼 해댔다. 얼마나 괴로웠으면 정신병원에 자청해서 입원했을까.

시간이 지나면서 진실을 알게 되어 잘못했다고 빌기는 했지만 나는 너무 화가 나고 분했다. 아예 상종하고 싶지도 않았다. 먹고 살 일이 없어 문방구를 하겠다고 해 보태주어도 무능한 둘은 문을 닫아 형제들의 머리를 싸매게 했다. 그 와중에도 애들을 셋이나 두었다.

본인은 걱정을 안 하는데 주변에서 걱정이다. 생활능력이 안되어 수급자가 되었다. 고생에 댓가를 기대하는 건 아니지만 4년 동안 장학생으로 나온 시동생의 현실이 나를 안타깝게 했다.

그런저런 많은 사연을 남기고 동서가 떠난 것이다. 보내고 나니 불쌍하고 가엾은 생각이 들어 한동안 가슴이 아렸다. 시집 와서 한 번도 꿈을 가지고 살지 못했던 동서는 성당 기도 봉사에 열심이었다. 그게 유일한 위안처였을 것이다.

너무 착해빠진 남편과 티 없이 자라는 자식 셋을 남기고 잘 부탁한다는 말 한마디로 미련 없이 떠나버렸다. 영전사진에 예쁘게 입은 분홍색 한복은 내가 준 옷이다. 죽음을 담담히 받아들이고 마지막까지 준비한 동서는 그녀가 바라는 아름다운 곳에 가 있을 것이다.

동서를 보내고 한참동안 힘들었다. 남편은 더 힘들어 했다. 이제 그의 차례임을 기다리는 심정이 어떠하리라는 것을 나는 미루어 가늠할 뿐이다.

남편은 오래전부터 이름을 바꾸고 싶어 했다. 이 나이에 이름을 바꾸었다고 무슨 좋을 일이 있을 것 같지도 않은데 그냥 살지 했다.

지금은 아니다. 하고 싶다는 것 무엇인들 가릴 게 있는가. 아는 변호사가 도와주어 개명을 했다. 나이가 많아서 준비해야 할 서류도 많다. 이 나이에 개명하겠다는 건 무언가 범법적인 이유가 있지 않나 해서 조사도 많다. 그는 문단에 필명으로 쓰던 '소담'이라는 이름으로 새로운 삶을 살고자 했다.

예금통장, 면허증, 주민등록증, 모든 소유권을 다 바꾸자니 몇 달이 걸렸다. 하고 싶다는 것은 다 해주고 싶다. 어쩌면 그를 위해서라기보다 나를 위한 일인지도 모른다. 보내고 나서 아쉬움이 남는다면 내가 더 힘들 것이다.

봄이 되자 그동안 땀 흘려 가꾸던 농장을 대 수술했다. 한참 청년기인 포도나무를 다 뽑아냈다. 포도농사는 혼자서는 힘들다. 남편 없이도 농사를 할 수 있게 하려는 것이다. 그는 주변정리를 하고 있다.

자기 없이도 나 혼자 살아갈 수 있도록 해 주고 싶은 것이다.

원두막도 두 개만 남겨놓고 정리하고, 수익성 없이 일손이 드는 것들을 정리했다. 그리고는 나 혼자서도 손볼 수 있는 나무를 심었다. 얼마나 공들인 정원 같은 농장인가. 오는 사람들은 우리 농장을 보고 자기 노후를 설계하곤 했다.

차도 바꾸었다. 수동식 운전에서 자동식으로. 내가 운전하기 편하도록 한 것이다.

수술한 지 일 년이 되었다. 조금씩 체중이 줄어든다. CT검사를 했다. 괜찮다는 의사 말에 우리는 너무 기뻐서 잔치를 하자며 오랜만에 고급 음식점에 갔다. 그렇게 안심하고 두 달이 지났다. CT검사를 했다. 두 달 사이에 별일이 있겠느냐 싶다. 모니터를 유심히 보던 의사의 표정이 굳어진다. 남편더러 밖에 나가 체중을 재고 오라며 의도적으로 내보냈다. 내 머리에 쥐가 난다. 긴 호흡을 하고 입술을 지그시 물었다.

"재발이 됐는데요."

"두 달 사이에요?"

"이런 경우는 극히 드문데……. 급성으로 번지는 경우도 있어요."

남편이 들어오다 눈치를 챘다.

미결수로 있다가 사형언도를 받은 느낌이다. 셋이서 한참을 침묵했다. 이런 때 서로에게 무슨 말이 필요한가.

"지금 상태에서 얼마 정도 남았나요?"

"사람마다 다르지만 삼 개월에서 육 개월 정도."

"뭔가 방법은 없나요?"

"항암을 안 해보셨으니 해보시든지……. 가족들과 의논해서 결정하세요. 어쩔 수 없는 선택이긴 하지만 부작용도 감수해야 하고."

누가 망치로 머리를 친 것 같다. 나도 이런데 남편은 오죽하겠는가.

항암 담당 의사와 여러 가지 상의를 했다. 담도암은 항암약도 다양하지 않아 일본의 경우를 따른다고 한다. 위암이나 대장암 경우는 많은 노하우가 축적되어 있다. 우리나라의 경우 세계적인 수준이다. 그러나 발생빈도가 낮은 췌장이나 담도는 약도 많지 않고 축척된 의술도 약한 것이다. 항암을 해야 할지 안해야 할지 결론을 낼 수가 없다. 어느 쪽이 최선인지.

아들은 요즈음 한방에서 새로 나온 넥시아라는 항암 대체약이 부작용이 없다 하니 그걸로 써보라고 한다. 그건 보험도 안 되고 한 달에 삼백만 원이 넘는다. 돈이 문제가 아니고 아직 검증된 약도 아니다. 꼭 낫는다면야 아까울 게 무언가? 그 회사에 전화를 했다. 약재료가 무어냐고 물었다. 옻나무 추출액이라고 했다. 그것은 항암이라기보다 면역력을 높여 암을 이길 수 있는 저항력을 키운다는 것이다. 그동안 먹은 것들도 그런 종류가 많았다.

양방에서의 해답이 없다면 한방에서는 다른 방법이 있지 않을까? 경희한방대학병원에 갔다. 그곳에서도 의사의 말은 같았다. 다만 환자의 체력이 버틸 만하니 항암을 해 보는 것도 괜찮을 것 같다고 했다.

눈앞에 안개가 자욱하다. 아는 의사들을 다 찾아다니며 의논을 했지만 그들의 의견도 분분하다. 항암 부작용으로 얼마 남지 않은 시간을 낭비하지 말고 가족들과 하고 싶은 것, 먹고 싶은 것, 먹고 즐겁게 지내라는 의사도 있고, 여한 없이 할 수 있는 최선을 다 해보라는 의사도 있다.

그렇다고 내가 결정할 수 있는 일도 아니다. 지역사회 일을 하면서 잘 알고 지내는 가정의학 황과장님과 의논해보기로 했다. 그분은 호스피스 병실을 담당하면서 암환자들을 많이 접하셨고, 목사님이라서 가장 신뢰가 갔다. 그분도 대책 있는 답은 없었다. 지금 상태로는 1%의 가능성이라도 희망을 가져야 하니 항암을 해 보라고 했다. 일산 국립암센터를 추천해 주었다.

남들은 휴가를 간다고 들썩일 때 항암을 시작했다. 암센터는 암환자로 바글거렸다. 주사를 맞고 이 주간 약을 먹고 일주일 쉬고, 이 사이클이 1차다.

그는 기초체력이 강했다. 생각보다 잘 적응했다. 3차를 하고 CT촬영을 했다. 암이 많이 줄어 있었다. 의사는 이렇게 효과를 보기가 드문데 너무 좋은 반응이란다. 다시 햇빛이 보였다. 우리는 새로 태어난 것처럼 들떠 행복해했다.

아는 회계사를 찾았다. 그는 자기 앞으로 되어있는 집과 농장을 자기가 있을 때 나한테 증여해주고 싶어 했다. 살기가 힘들어 이민을 떠나려 수속 중에 나를 만났다. 친정 부모님이 결혼식장에도 참석치 않겠다고 할 정도로 반대하셨다.

가진 것이라곤 동생들과 많은 나이, 말단 공무원이다. 내내 고생을 시켰다며 미안해했다. 자기 생명보다 더 사랑한다는 말만 믿고 시작한 결혼생활은 힘들었다. 가장 어려울 때 자기와 결혼해 주었다며 항상 고마워했다. 자기가 정리를 하지 않고 떠나면 상속문제로 내가 힘들까 걱정이 되어서다. 애들이야 그렇게 생각지는 않겠지만 상속 서류를 해 달라고 하기가 어려울 거란다. 하기야 그렇기도 하다. 부모한테서 물려받은 것은 없으니 당연히 우리가 일군 재산인데 남편이 없으면 당당할 것 같지 않은 기분이다.

회계사는 증여로 하면 세금도 많이 나오고 여러 가지 혜택도 제한되니 유언 공증을 하라고 조언했다. 증여를 받으면 농장이 팔리거나 수용이 될 경우에 세금을 많이 내야 한다는 것이다.

남편이 주선하고 서둘러 잘 아는 교우인 친구에게 부탁했다. 재산 상속자와 전혀 무관한 증인 두 사람이 필요했다. 증인도 준비해야 하는 서류가 있었다. 공증하는 사람과 인척관계가 아니라는 걸 증명해야 해서다.

공증에 필요한 서류를 준비해 공증인 사무실에 갔다. 남편은 사후에 자기가 소유한 모든 재산을 내 앞으로 이전한다는 서류에 도장을 찍었다.

많은 재산은 아니었다. 평생을 월급생활로 양가부모에게 생활비를 보태야 했다. 양쪽의 열 명이 넘는 동생들을 보살펴야 하는 무거운 책임에 10년이 넘도록 중동 해외생활을 해야 했다. 살고 있는 집과 1,000평이 안 되는 밭이다.

"내가 이렇게 해 주고 가야 당신이 편해. 그동안 고생 많이 했으니 앞으로는 편히 살다 왔으면 해."

그는 유언장을 쓰느라 몇 번이나 휴지조각을 만들었다. 막상 쓰려니 자기 의도와 표현이 다른 모양이다. 며칠 동안을 생각하다 쓰고 또 버린다. 그의 유언장은, 나를 잘 부탁한다는 것과, 재산 모두는 나에게 넘긴다는 것, 내가 죽을 때는 쓰고 남은 것은 어떻게 처리하기를 원한다는 내용이다. 큰 재산도 없으니 자식들과 분쟁할 것도 없고, 부모한테 물려받은 게 없으니 형제들과 이해관계가 얽히지 않아 속 편했다.

농장에 남자 손이 필요한 것은 이것저것 손을 봐 놨다. 일꾼들을 사서 정리를 했다. 어디에 무엇이 있고, 무엇은 어디에 써야 하며, 어떤 것이 고장 나면 어떻게 해야 하는 것인지 알려 주려 했다. 나 혼자 남겨놓기가 영 마음에 놓이지 않나 보다.

주어진 시간이 얼마 없다. 나는 오랫동안 같이 지내던 성당 교우들로 맺어진 친목회원들과 여행을 준비했다. 애들 키울 때부터 함께한 친구들이다. 허물없이 지내던 사이라 남편이 차를 태워 전국에 여행도 다녔고, 가고 싶은 곳에는 부부동반으로 어디든 함께 다녔다.

기도도 많이 해주고 제일 안타까워하던 친구들과도 이별여행을 준비했다. 멀리는 갈수 없고 힘든 것도 고려해 중국 상해와 항주, 소주를 다녀오기로 했다.

손자를 데리고 갔다. 그는 애들이 자랄 무렵 해외근무를 많이 했다. 애들과 같이하는 추억이 없는 게 항상 마음 아파했다. 애들도 그게 성장과정에서 채워지지 못하는 갈증이겠지만 부모도 그렇다. 손자들이 크면 가족여행을 정기적으로 다니자고 계획만 했지 아직 실천하지 못한 게 후회스럽다. 손자의 기억 속에 할아버지에 대한 좋은 추억을 남겨주고 싶었다. 행복은 내일에 있는 게 아니고 지금 먹어야 하는 아이스크림 같은 것인데 너무 아꼈다.

항암치료 중이라서 은근히 걱정했다. 하지만 아프다가도 여행만 떠나면 다른 사람이 되는 남편은 잘 견디어냈다. 마침 여행 중에 그의 생일이라 호텔에서 생일파티도 했다. 파티라야 맥주에 과일 몇 개, 초코파이에 성냥개비 불을 켜는 정도였지만 의미 있었다. 언젠가 가을 여행 갔을 때도 어느 산장에선가 이 모임에서 생일을 같이했다. 남편은 내가 평생 같이 할 친구들은 이 모임친구들이라고 했다. 그만큼 믿을 수 있는 친구들이다.

우리는 태어나면서 죽음도 같이 태어났다. 하루하루 날마다 어디를 가든 죽음과 동행하지 않은 시간은 없다. 그러나 건강했을 때는 그 사실을 의식하지 않는다. 주변사람들 모두가 쓰러져가도 나만은 특별히 예외일 거라 믿는다. 그 예외가 드디어 내 차례가 되었을 때 괜히들 억울해 한다. 나만 당하는 것처럼. 신의 저울로 달면 모두의 삶은 공평하다는데 나만은 예외이길 바란다. 생각해 보면 얼마나 염치없는 기대인가.

공기 좋은 산속에서 지내면 좋아지는 사람도 있다. 병원에 다녀야 하는 사정상 어디에 정착할 수 없어서 캠핑카를 생각했다. 만드는 공장에 찾아가 알아보니 가격이 만만치가 않다.

결국 우리 차를 개조했다. 뒷자리를 떼어내고 잘 수 있도록 방을 만들었다. 이불이며 취사도구를 다 싣고, 가고 싶은 곳을 다니는 것이다. 시골길에서는 정자 밑에서 밥을 해 먹기도 하고 피곤하면 차를 세워놓고 누워 있다가 가기도 했다. 노후는 그렇게 살기를 꿈꾸었는데, 시간이 촉박한 후에야 가지는 다급한 여유다.

장성 편백나무 숲에 갔다. 늦은 시간이라선지 사람이 없다. 주차장에서 밥을 해 먹고 숲을 거닐었다. 언제나처럼 손을 잡고. 지자체에서 공들여 가꾸긴 했지만 환자들이 이용하기에는 부담스러운 게 많다.

주차장에서 하루를 자고 완주에 있는 공기마을 편백나무 숲으로 갔다. 몇 번을 와도 이곳은 편안하다. 아직 상업적인 개발이 안 되어서 더 좋다. 특히 암환자들은 자연 그대로가 더 좋다. 숲속에 환자들이 옹기종기 모여 있는 모습은 펭귄을 연상케 했다. 알을 품고 있는 모습이다. 가족들과 환자들이 도시락을 싸와 먹으면서 같이 지낸다. 땅에 이불을 펴고 누워있는 사람, 남편에게 기대고 안기어 있는 여자……, 여러 모습들은 대부분 아픔을 가진 사람이다.

숲 사이로 산책할 수 있는 오솔길은 환상적이다. 쭉쭉 뻗은 나무 사이로 비치는 햇살과 은행나무 간간이 낀 소나무. 산길은 걷기 좋지만 등산하기에도 부담스럽지 않아 자주 이곳에 왔다. 이 숲이 좋아서 집을 얻을까도 많이 생각하고 알아보기도 했다.

막상 원룸을 얻으려니 앞으로 어떤 상황이 닥칠지 모른다. 항암은 계속해야 하고 가까운 거리도 아니고, 무슨 일이 있으면 객지에서 당황스러울 것 같아서다. 차로 다닐 수 있을 때까지는 더 알아보기로 했다. 근처에 있는 대아수목원도 좋았다. 노랗게 익은 감이 주렁주렁 달려 있는 풍경이 멋진 그림 같았다.

길

박소담

남은 여운을 심어놓고
희망을 가꾸고 살아온 지 십 수 년
불어오는 바람도 옛 친구 같고
이웃사촌 같아
엉거주춤 세월에 묶여
끌려온 지금

길을 막고 길을 묻는다
내가 걸어 온 이 길이
나의 길이었는지
제 길로 걸어 왔는지
남의 길을 기웃거리다
내 길을 잃은 건 아닌지
뒤돌아 가기엔
너무 많이 와 버린 길

행복은
아이스크림 같은 것

완주 동상면이 고향인 배 시인이, 그곳이 공기가 좋다고 해 같이 내려가 봤다. 머물 수 있는 집을 구하려고 수소문하던 중이었다. 산골인 그곳의 초등학교 졸업식에 내빈으로 초대되어 다섯 명의 졸업식을 축하해주었던 아름다운 추억이 살아있는 곳이다. 활기찬 여교장선생님의 의욕적인 모습. 전교 학생보다 내빈이 많던 졸업식장. 졸업생들의 꿈을 일일이 들으며 축하해주던 일들은 희망이 있어 부러웠다. 그곳도 우리의 자리는 없었다. 막상 집을 구하기도 망설여지는게 갑자기 악화되면 산골에서 지내기도 어려운 일이기 때문이었다.

현실적으로 냉정해질 필요가 있지만 환자가 하고 싶다는 것을 말리기도 어렵다. 주변에 원룸이나 빈방들도 알아보고 찾아가 보기도 했다. 여의치가 않다. 우선 할 수 있는 차선을 택했다. 가고 싶은 곳이나 공기 좋은 곳에는 차로 가 있기로 했다.

편백나무 숲 주차장에 차를 세우고 며칠씩 지내곤 했다. 주변에 내장산 단풍구경도 하고 전주 한옥마을 구경도 하며 필요한 쇼핑도 했다. 사우나에 가서 목욕도 하고 느긋하게 하룻밤을 자기도 하고. 이처럼 오붓하게 지내던 일은 그리 많지 않았다. 왜 진작 이렇게 살지 못했을까? 남한테 신경 쓰느라 자신한테는 신경 쓰지 못하고 살아왔다. 지금 생각해보면 그리 중요한 것 같지도 않은 일들이다.

가을은 차 안에서 자기에는 춥다. 산속은 더욱 그랬다.

주말에는 딸네 부부가 내려와 같이 지냈다. 전주의 맛있는 음식을 사 먹기도 했지만 차 안에서 해 먹은 식사도 재미있다. 두 대의 차를 세워놓고 밤을 지냈다. 애들은 춥다면서 자다가 말고 전주에 가서 이불을 사오기도 했다. 상큼한 공기. 차 안에서 영화도 봤다. 그이가 노트북에 담아온 영화를 차 안에서 보는 것도 색다른 느낌이다.

하늘의 별들은 서럽도록 총총히 빛난다. 나는 속으로 운다. 아마 지금 이순간이 내가 그이를 아름답게 기억하는 마지막 순간들일 것이다. 아침에 일어나 밥을 해먹고 산을 산책한다. 언제나처럼 손을 잡고. 많은 얘기를 나누었다.

남들보다 많은 대화를 하면서 살았지만 이제는 생활의 얘기가 아니고 영혼에 대한 진지한 성찰이다.

"저승에 가서도 보고 싶은 사람이 많으니까 크게 손해는 아니야. 부모님, 장인·장모님, 누나도 보고 싶고. 만나면 그동안 잘못한 것 용서해 달라고 무릎 꿇고 빌고 싶어."

"당신은 최선을 다해 잘했어. 그 이상 더 어떻게 해."

"그때는 나도 그렇게 생각했어. 때론 부담스러워 하면서. 지금 생각하니 너무 잘못한 게 많아. 내가 나이가 들고 아파 보니……. 그때는 그분들의 심정을 이해하지 못했어."

"나이든 사람은 젊은 사람을 이해할 수 있지만, 젊어서는 나이든 사람을 이해하지 못해. 늙어보지 않아서. 우리도 그랬잖아? 자기가 체험하지 않고서는 공감하지 못해."

"부모님 만날 날이 가까우니 더 잘못한 일만 생각이 나."

"죽었다 살아난 사람들은 이 세상에 다시 살아나고 싶지 않데. 그곳이 너무 아름답고 행복해서. 태어난 모든 생명은 죽으려고 살아가는 거잖아. 그 과정에서 태어난 목적을 이루었느냐 의무를 다 했느냐 그 차이지 않을까?"

"우린 의무는 다 했지?"

"둘이서 두 애를 낳았으니 종족을 보존해야 하는 하느님의 뜻은 본전은 했고, 빈 몸으로 시작했는데 들어갈 집은 있으니 적자는 아니고, 그래도 둘이 뜨겁게 열심히 살았으니 여한은 없네."

"내 인생은 당신과 함께할 수 있어 성공한 거야. 난 지금 떠난다 해도 아무런 미련이 없어. 내 온 열정을 다해 사랑한 당신과 사십여 년 살았고, 고생이야 많았지만 당신때문에 행복했어. 다만 당신은 젊고 건강한데 혼자 놔두고 가야 하는 게 마음이 아파."

"저는 훈련이 잘 되어 있어 걱정하지 않아도 돼요."

"하기야 내가 없는 게 당신한테 더 나을지도 몰라. 나 때문에 못했던 것들 많았는데 이젠 당신 하고 싶은 거 하면서 살다 와."

"나 같은 재미없는 여자를 당신이 재미있게 살게 해 주어 고마웠어요."

"지금 생각하니 당신이 지혜롭고 현명한 여자였는데 그때는 이해를 못했어. 당신 속도 많이 썩히고."

"지금도 이해 못해요?"

"지금은 이해하지. ……. 당신이 없었으면 난 지금 존재하지 못했을 거야. 지금 가장 가슴 아프게 후회한 일은, 내 더러운 성질을 못참아 당신을 손찌검하고 때렸던 일이야. 수백 번을 죽어도 내가 나를 용서하기 힘들어."

"당신도 어렸을 때 받은 상처를 치유 받지 못해서 그랬다는 생각이 들어요."

"죽도록 당신을 사랑하면서도 왜 당신한테 화풀이를 했는지. 그래도 잘 참아주어 고마워. 내가 당신 앞에 죽게 되어 너무 다행이야."

"난 내가 먼저 당신 앞에 갈 줄 알았는데."

"당신은 혼자 살 수 있지만 난 당신이 없으면 혼자 살 수 없어. 애들한테도 나보다는 당신이 나을 테고. 한날한시에 둘이 나란히 가면 얼마나 좋겠어. 그럴 수 없다면 내가 먼저 가는 게 복이지. 요즈음 노인들이 하도 많아서 나라도 조금 일찍 가주는 게, 국가나 개인이나 사회적으로도 도움이 될 거야. 의료보험 덜 축내고."

"남의 사정 봐주다 내 사정 놓치네."

"나 떠나면 당신은 애들한테 가지 말고 혼자 살아. 괜히 눈치 보지 말고. 농장도 나 있을 때 팔았으면 좋겠는데. 당신 고생할 것 같아서."

"당신 보고 싶으면 어떻게 해."

"사진 보면 되지. 그동안 내가 쓴 글들은 어떻게 하지?"

"내가 있잖아. 내가 정리해서 유고집을 내줄게."

"살아서도 죽어서도 당신 신세로구먼. 생각해보면 당신한테 고마운 게 참 많아."

"저도 그래요."

"내가 사업한다고 철없이 일을 벌이다 왕창 거덜 났을 때 정말 죽으려고 했어. 제주도에서 배를 타고 오면서 물에 뛰어들려고 난간에 몇 번이고 나갔어. 그때마다 당신 얼굴이 어른거렸어. 예고도 없이 새벽에 집에 왔을 때 당신은 기다렸다는 듯이 자지 않고 깨어 있더군."

"왠지 마음이 불안 했어요."

"당신 앞에 모든 게 거덜이 났음을 털어 놓았을 때 당신이 나를 안아주며 말했지. 아직 젊으니까 이제 새로 시작해도 된다고, 살아왔으니 다시 시작하자고. 그때 얼마나 당신에게 감동했는지. 내가 허약한 몸으로 죽을 고비를 넘기면서도 중동생활을 오래 버틸 수 있었던 건 그때 당신 격려의 힘이었어."

"그때는 참 힘들었지요. 삼촌 재수 학원비도 우리가 내주어야 하는데 돈은 없고 취직은 안 되고 도움을 청할 곳도 없고."

"우리가 좌충우돌하며 살았던 건 인생의 멘토가 없었기 때문일 거야. 기댈 언덕도 없으니 항상 절벽에 선 느낌이라서 초조하고 불안했어. 그래도 당신이 있어 안정을 찾곤 했지만. 내가 긴장하며 살았던 게 암의 원인인가 생각되기도 해."

"덕분에 가방가게, 신발가게 하느라 고생도 했지요."

"난 신발이 그렇게 종류도 많고 유행이 심한지 몰랐어. 신발은 항상 신고 다녀야 하기에 장사가 잘 될 줄 알았지. 새벽에 동대문에서 무거운 신발을 떼어와 전철에 몇 뭉치 올리는 당신을 보면서 내가 속으로 얼마나 울었는지 몰라. 뼈가 으스러져도 다시는 당신을 고생시키지 말아야지 하며 이를 악물었어. 그래놓고도 여전히 당신을 고생

48

시키며 살았네."

"당신이 실업자로 있을 때 오히려 마음이 편했어요. 당신이 내 남편이라는 실감이 들어서요."

"왜?"

"당신이 잘나갈 때 여의도 술집마담이 다 누나고 동생이었잖아요. 하느님이 어디 있느냐며 신앙생활도 안하고, 애들 얼굴 볼 시간도 없이 지냈잖아요."

"지금 생각하면 미친 짓이었지. 미안해."

"그때 그런 시련이 없었으면 아마 당신은 가정을 지키지 못했을 거예요. 모든 것을 잃고 나서야 아직도 많은 것을 가지고 있다는 걸 알았어요. 있을 때는 모든 게 부족하다는 욕심뿐이었는데……. 없으니 작은 꽃들이 참 예뻐 보였어요."

"사람이 참 간사하기도 해."

"그때 생각나요? 끼닛거리도 없는데 작은 화분을 사다 나르며 행복해 했던 거."

"내가 돈이 없으니 부모도 형제도 소용이 없더구먼."

"내가 줄 수 있을 때는 모르지만, 내가 없으면 그들이 우리를 부담스러워 해서지요."

"돈 잃고 많은 공부를 했지."

직장에 자리 잡고 조금은 안정이 되어 여유 돈이 있을 때였다. 직장인들의 꿈은 자기 사업을 해 사장소리를 듣고 싶은 게 희망이기도 했다.

더 나이 먹기 전에 시작해야 한다는 강박심리가 있을 때, 우리 집에 월세를 사는 가족이 있었다. 그들은 가장이 사업을 하다 거덜이 나 어디 오갈 데가 없었다. 애들이 넷이나 되고 시아버지까지 일곱 식구를 받아주는 데가 없었다. 그때는 남편이 해외근무중이라 부엌을 같이 쓰면서 방 두 칸을 싸게 월세를 주었다.

우리 식구 넷과 그 집 일곱 명이 작은 집에서 북적거리며 살았다. 남편이 귀국하여 국내근무를 하던 차 그 집 가장이 꼬드겼다. 떼돈을 벌 수 있는 사업 아이템이 있는데 자본이 없으니 같이 동업을 하자는 것이다. 우리한테 신세를 많이 졌으니 보답하는 뜻이라며.

우리가 자본을 대고 그쪽은 기술을 대는 식으로 시작한 사업은, 제대로 시작도 못하고 거덜이 났다. 준비성도 부족했고 그쪽 세계를 모르는 남편은 직장을 탈출한다는 허세가 가득했고, 사업가들의 속내를 너무 몰랐다. 결국 사기를 당하고 잘나가던 직장도 잃었다. 그쪽은 손해날 것 없었지만 우리는 엄청 힘든 시기를 지내야 했다. 아무리 못된 직장인도 아무리 착한 사업가보다 열 배는 더 낫다는 게 그가 돈을 버리고 얻은 결론이다.

그 이후 3년 동안은 엄청난 고생길이었지만 그는 세상이 호락호락하지 않다는 것을 느끼며 그동안 얼마나 방자하게 살았는지에 대한 자성을 많이 했다.

처음엔 그 동업자를 원망하고 억울하고 속상해서 잠을 못 잤다. 그러면서도 생활이 어려운 그들에게 쌀을 보내주기도 했다. 덕분에 개신교에 나가던 그들을 개종시켜 애들이 영세할 때 대부·대모를 서주었다.

한참을 지난 후 그들의 잘못이 아니라 그들을 통해서 남편의 삶에

개입한 신의 뜻을 깨달았다. 그 실패를 통해 겸손해지고 분수를 알게 되었고 신앙생활을 찾은 것이다. 덕분에 타국의 사막에서 고생을 해야 했다. 세상의 질서는 냉혹할 정도로 정확해서 배우는 것에도 그만한 수업료를 지불해야 했다.

"지나고 보니 부질없는 일에 열중하느라 정작 해야 할 일은 잃어버리고 살았네. 다시 시작한다면 정말 멋지게 살 수 있을 것 같은데……"

다시 시작하면 정말 멋있게 살 수 있을까? 어차피 삶은 연습이 없다. 연습할 시간이 있다 하더라도 얼마나 많이 지우고 다시 시작하는 연습이 있어야 멋 공연을 할 수 있을까? 걸작을 만들려면 수없이 반복하는 작업이 필요한데 그럴 인내심이 있을까? 다시 시작하면 다시 이 남자를 만나기나 할 건가?

지금의 이 상태라면 만나는 것도 괜찮을 것 같다. 그러나 처음부터 만나 싸우고 지지고 다듬어지지 않은 모서리로 찌르고, 절제되지 않은 무모한 열정으로 후벼 파는 상처는 다시 겪고 싶지 않다.

작은 회사 서울출장소의 경리로 서울에 올라왔을 때가 70년도였다. 본사에 근무하던 중 갓 대학을 졸업한 사장아들이 본사의 사정을 잘 아는 나를 보내달라고 했다 아무런 연고가 없는 시골뜨기인 내게 서울은 화려하고 외롭고 막연한 도시였다.

쉬는 어느 날은 종점에서 종점까지 버스를 타고 앉아있기도 했고, 혼자 영화관에 들어가 눈이 안보이게 울다가 나오기도 했다. 서울에 가면 몸조심해야 한다는 부모님의 신신당부에 철갑으로 무장을 하고 있었지만 가슴속에 외로움까지는 무장하지 못했다.

그때는 펜팔이 한창 유행하던 시절이다. 어느 잡지책인가를 보다가 펜팔을 원하는 사람들의 주소 속에 두세 명의 남자이름을 골랐다. 그 중에 친근감이 가는 이름 하나를 골라 엽서에 글을 써서 보냈다. 찾아오면 어쩌나 싶어 내 주소는 적지 않았다.

편지 봉투에 넣지 않고 엽서로 보낸 것은 개인적인 감정보다는 누군가와 이야기를 하고 싶었기 때문이다. 일상에서 느꼈던 사소한 일들, 생각들, 보고 느낀 것들을 엽서에 적어 이따금씩 보냈다. 그 사람이 누구이든 읽든 안 읽든 그게 목적은 아니었다. 내가 누군가에게 글을 쓴다는 게 나의 위안이었다.

그렇게 두 달이 넘은 어느 날, 이 엽서를 받은 사람이 궁금했다. 학생인가? 총각인가? 유부남인가? 내 글을 읽고 공감할 수 있는 사람인가? 그러다 덫을 놓았다. 은유적으로 내 직장번호를 알 수 있는 엽서를 보낸 것이다. 봄이 자라고 있는 4월 내 예상대로 전화가 왔다. 목소리는 부드러웠다. 한번 뵙고 차라도 한잔하고 싶다고 했다.

직장이 서울 시청 앞이었다. 철갑으로 무장한 나는 혹시 문제가 생길까봐 국민은행 앞 길가에서 보자고 했다. 나는 그 사람을 볼 수 있지만 행인으로 가장하고 지나가면 그 사람은 나를 알아보지 못할 것이라는 계산에서다.

가로수 옆에 두 남자가 서 있었다. 위 양복을 갈색으로 입은 두 남자는 오가는 행인에 눈길을 주고 있었다. 한 남자는 부티나 보이는 괜찮게 생긴 남자였고, 한 남자는 삐쩍 마른 명태 같은 남자였다. 명태 같은 남자가 그 남자임을 직감했다. 남자의 눈이 간절하게 사람을 기다리는 초조함과 긴장감이 돌았다.

나는 너무 실망스러워 점심시간을 허비한 게 속이 상했다. 뒤돌아 회사에 왔다. 한참이 지나자 그 남자한테서 전화가 왔다. 냉정하게 전화를 받았다. 근무 중이라 나갈 수 없다고. 그의 음성에서 자기가 퇴짜 맞았음을 알고 있다는 느낌이 전해왔다. 첫인상에서 어느 한 군데도 맘에 끌리는 게 없었다. 너무 빈티 나는 얼굴에다 그렇게 못생기기까지. 나는 입을 꽉 다물었다. 이젠 아주 투구까지 쓸 참이었다. 부드럽고 단호한 그 남자의 음성이 전화기 속에서 기어 나왔다.

"오실 때까지 기다리겠습니다."

어수선한 느낌으로 서성이었다. 내가 너무한 것 같기도 하고, 한 번 만나서 인사만 하고 두 번 다시 만나지 않아도 누가 뭐래? 괜히 나 혼자 속상해 할 필요는 없을 것 같기도 했다. 여러 심란한 생각을 하다가 초면에 예의가 아닌 것 같아 잠깐 인사만 하고 오자 생각하고 다방에 나갔다. 초조한 그 남자는 생김새보다는 예의가 발랐다.

"담배 한대 피워도 될까요?"

나는 그 물음에 조금은 안심했다. 막무가내로 굴러다니는 사람은 아니구나. 별로 마음에 없는 나는 듣기만 했다. 그는 엽서를 읽으면서 자기와 같은 공감된 취미를 가지고 있다는 느낌을 받았다고 한다. 같이 기다리던 남자는 이 근처에 근무하는 친구이고 본인은 나 같은 동생이 있고 직업이 말단 공무원이라는 등의 이야기를 했다.

근무 중이라는 핑계로 커피 한잔 마시고 쌀쌀하게 뒤돌아왔다. 내 도리는 다 했으니 더 이상 상관없는 일로 끝내기로 했다. 참 그 남자, 생각도 없지. 자기 처지를 알면 어떻게 자기와 비교도 안 되는 친구를 데리고 와. 남편은 그때 친구에게 내가 마음이 끌렸을까 해서 초초해했다. 그 친구는 좋은 직장에 다니는 유부남이었다.

그 이후 남편은 퇴근하면 영등포에서 날마다 내 회사 앞으로 출근을 했다. 내가 퇴근하기를 기다리는 것이다. 나오든 안 나오든 날마다 다방의 죽돌이가 되었다. 어쩌다 마지못해 한 번씩은 나가주었지만 한 번도 웃지를 않았다. 그렇잖아도 애교 없는 내 표정에 찬바람이 쌩쌩했겠지만 그는 끈질겼다.

3개월 후에는 미국으로 이민을 간다고 했다. 그때는 취업이민이 유행이던 때다. 같이 수속한 친구는 이미 갔는데 본인은 서류착오로 아직 떠나지 못했다는 것이다. 나는 3개월 후면 이 남자의 부담에서 풀려나겠지 서광이 보이는 듯 했다. 그날도 굳어있는 내 앞에 주머니에서 부스럭부스럭 무언가를 꺼냈다.

"지하도를 건너오는데 리어카에서 백 원에 3개 하는 귤을 팔더라고요. 미스 리 생각이 나서 사왔어요."

그때만 해도 귤은 쉽게 먹을 수 있는 흔한 과일이 아니었다. 귤나무 한 그루가 대학을 가르친다는 때였다. 그래도 그렇지 그 남자만큼이나 못생긴 작은 귤은 군밤 정도였다. 그때 왜 가슴이 찡하게 감동이 왔던지, 그게 문제였다. 체면을 버리고 나를 생각하며 길거리 리어카에서 귤을 골랐을 그의 모습이 상상이 갔다.

나는 처음으로 웃었다. 아마 비싼 것을 사 들고 왔다면 경계했을 것이다. 내가 웃는 것을 본 그 남자는 날마다 귤을 사들고 왔다. 실은 내가 귤을 꼭 좋아하는 것은 아니었지만 웃어주어야 할 것 같았다.

가난한 이 남자는 나중에는 500원에 시계까지 팔아 귤을 사왔다고 한다. 나는 그 껍질이 약이라고 해 한 자루를 모아서 시골집에 붙여주었다. 이렇게 시작한 데이트는 날마다 찾아와 만나고 그러면서도 그는 편지를 써주고 미아리까지 나를 데려다 주었다.

그때도 그는 세 명의 동생과 같이 살았다. 가난이 줄줄이 흐르는 그의 행색으로 보아 50원 하는 커피 값도 내기 어려울 것 같았다. 커피 값을 아끼느라 남산을 걷기도 하고 그의 주머니사정을 헤아려 일부러 소화가 안 된다며 저녁을 먹지 않기도 했다.

시일이 오래 가자 나는 위장병이 생겼다. 그의 자존심을 상하게 하지 않으려고 미리 계산을 하고 차를 마시기도 하고 차비를 내가 내주었다.

그는 무엇이든지 내게 해주고 싶어 했다. 내가 다이아몬드를 달라고 했으면 은행이라도 털었을 것이다. 그의 진심을 보았기에 그의 못생긴 얼굴은 잘 보이질 않았다. 이민을 포기한 그는 온전히 내게 정성을 다했다. 그의 말에는 어느 나라 공주도 그렇게 정성을 들였다면 자기한테 시집을 왔을 것이란다. 늦은 나이에 결혼을 해야 했지만 가진 게 없다보니 탈출구로 이민을 가려 했던 것이다.

내가 그를 사랑했는지 그의 정성에 감동했는지 어찌어찌 결혼문제에 끌려가게 되었다. 솔직한 심정은 결혼을 안 해주면 죄를 지을 것 같은 마음이었다. 지금의 젊은이들처럼 결혼 후의 생활을 계산했더라면 철이 조금만 더 들었더라면 결코 결혼을 하지는 않았을 것이다.

7남매의 맏이인 내게 친정 부모님의 기대는 컸다. 크게 어렵지 않은 시골에서 주변사람들이나 친척들도 내가 어지간한 남자는 눈에도 차지 않을 거라고 감히 중매도 못했다니 그럴 만도 했다. 처음 상견례

때는 아버지가 올라오셨다. 크게 실망한 아버지는 궁금해 하는 어머니한테 말은 안 하시고,

"에이 참 고년! 에이!"

화를 표현하지 못하고 이러고 계시니 성질 급한 어머니가 담판을 지러 올라오셨다.

서울 나들이가 처음이신 어머니는 다방에서 죄인처럼 앉아있는 그이한테 대포를 쏘았다.

"나이가 서른이 넘은 사람이 집도 없이 무슨 장가를 가겠다고. 나는 딸을 줄 수 없네. 감히."

70년도에는 시골 사람들은 서울에 사는 사람들은 모두 잘살고 얼굴이 뽀얀 줄 알고 있었다. 그이는 얼굴에 기미가 끼어 거무죽죽하고 깡말랐다. 눈, 코, 입, 귀는 다 있었지만 호감형은 아니었다. 휑하니 다방을 나온 어머니는 나를 보고 어이없고 기가 차던지,

"야! 이년아. 아버지가 한숨만 쉬시기에 맘에 안 드는 줄은 내 알았다. 김제에서 용산까지 오면서 못생긴 사람들마다 쳐다보면서 저 정도는 되겠지 했다. 네 년은 눈도 밝다. 그렇게 못생긴 놈을 어디서 찾았다냐?"

영 마음에 들지 않은 어머니는 딸 하나 없는 셈치고 호적에서 지우겠다고 협박하셨다. 약혼식 결혼식도 나 혼자 준비하고 모든 걸 혼자 해야 했다. 결혼식장에 와서 앉아만 계셔달라고 차비까지 드려야 했다. 내 결혼사진에는 내 하객이나 친구가 없다. 아무에게도 연락하지 않았다. 내 의식 속에도 조금은 창피한 생각이 없지는 않았다. 어머니는 속상하여 병을 앓았고 결혼 후에도 못마땅해 하셨다. 세 명

의 사위를 더 얻고 나서야 그래도 맏사위가 제일 낫다는 것을 인정해 주셨다. 돌아가시기 직전에 어머니는 남편을 유심히 쳐다보시더니,

"자세히 보니 모든 게 다 잘생겼구먼."

그때는 나이가 들어 젊을 때보다야 인상도 변했겠지만 정이 들어있는 눈으로 보니 더 예뻐 보이지 않았을까 싶다. 어머니의 병 치료를 위해 돈과 마음을 쓴 것은 남편이었다.

사람의 눈은 얼마나 믿을 게 못 되는가. 눈에 가시를 붙이면 가시로 보이지만 꽃잎을 붙이면 꽃잎으로 보인다. 고생이 없지는 않았지만 나를 온 열정을 다해 사랑해준 한 사람이 있었다는 것. 내가 그런 사람을 선택했다는 것. 그것만으로도 내 인생은 성공했다는 생각이 들었다. 남편이 내 곁을 아주 떠난다 해도 나는 그 기억과 확신으로, 그 추억과 감동으로 잘 버틸 수 있을 것 같았다.

가을은 속절없이 가고 있다. 죽음을 향해 하루하루 계속 걷고 있다.

일주일 정도 산에 있다 떠나올 때는 있던 자리와 주차장 공중화장실 등을 청소하고 나온다. 옆 계곡물에는 유황천에서 흐르는 물이 있어 족욕을 해도 좋다. 많은 사람들이 돗자리를 펴고 숲에서 지내기도 하고 산책을 한다. 이곳은 더 이상 손대지 않고 이대로 있었으면 싶다. 마을 공동체에서 운영하는 매점에서 국수나 어묵도 팔아주고 농산물을 사주기도 하면서 사람들과 정이 들었다. 계곡 웅덩이에 사는 물고기하고도.

"이러고 있으니 힘들게 농장에서 일 하던 때가 좋았어. 그때는 힘들

어 고생이라 생각했는데. 다시 한다면 즐겁게 할 것 같아."

배운다는 것은 수업료를 주어야 하나 보다. 건강해서 무엇이든 일을 한다는 게 얼마나 큰 축복인가?

인생은 과거도 내일도 없다. 오직 지금 현재만 있는 것이다. 내가 있는 곳에서 천국을 보지 못하면 죽어서도 천국을 보지 못할 것이다. 지옥은 아는 사람만 찾아갈 것이기 때문이다.

항암을 할수록 효과가 줄어든다. 암들이 항암에 적응을 잘해 내성이 생긴 것이다. 3차를 하고 나니 줄어들지 않고 그 상태로 있다. 암세포가 팽팽한 긴장을 조성한다. 그냥 그대로만 있어도 좋겠다. 그래도 그이는 잘 견디고 있다. 가느다란 희망을 붙잡고.

딸네와 문경에 갔다. 애들은 그곳에 자주 다닌다. 둘이서 여행이라기보다 숨 쉬러 다닌다는 게 옳을 게다. 딸은 4대가 한 집에서 산다. 시어머니와 시어머니의 친정어머니인 왕할머니와 딸. 아무리 성격이 좋은 딸이지만 깐깐한 어른 두 분과 같이 살아야 한다는 건 긴장의 연속일 것이다. 그래서인지 사위가 주말이면 둘만의 시간을 가지기 위해 문경을 자주 찾는다. 정작 딸은 행복하다는데 남편은 그런 딸을 항상 안쓰러워했다.

좋은 공기를 원하는 아버지를 위해 같이 가자고 한다. 애들하고 같이 하는 마지막 여행일 거다. 사위가 신경 써 호텔을 잡았다. 수안보 온천에서 목욕도 하고 맛있다고 소문난 토속 음식점에서 식사도 했다. 공원을 거닐며 그동안 나누지 못한 이야기를 했다. 밤의 공원은 산책하기 좋았다.

"아빠, 그래도 감사해요. 우리가 준비할 수 있는 시간이 있어서요. 아빠에게 무언가 해드릴 수 있는 시간이 있다는 게 다행이에요. 시아버지는 갑자기 돌아가셔서 남은 가족들이 한참은 힘들었어요. 풀 것은 풀고, 화해할 것은 화해하고, 용서할 것은 용서하는 치유의 시간이 필요하잖아요."

딸은 가슴에 슬픔을 표현하지 않으려고 일부러 음성을 높여 애교를 부린다. 남편도 나도 그걸 느끼지만, 우리도 감정을 자제하려 남의 일인 것처럼 대화를 이어간다.

딸은 아빠 팔짱을 끼고 걸으며 얘기했다. 일 년 전에 돌아가신 시아버지는 목욕탕에 넘어져서 병원에 입원한지 보름 만에 주무시다가 돌아가셨다. 당뇨가 있긴 했지만 아무런 준비를 못했다. 또 갑자기 돌아가시리라고는 가족도 본인도 생각하지 못했다. 남들은 복 있게 돌아가셨다고 하기 좋은 말을 했다. 그러나 가족들은 공황상태다. 아쉬움이 많이 남아 두고두고 가슴에 얹힌 것이다.

옛 어른들이야 대부분 그렇지만 남편과 평생을 투덕거리며 서로를 할퀴고 살았던 시어머니의 상실감이 너무 커 감당하기 어려웠다고 한다. 서로의 마음을 풀어놓고 용서를 주고받지 못한 채 갑자기 떠났기 때문이다. 항상 두 분이서 싸우는 모습만 보아온 자녀들은 이제 아버지가 돌아가셨으니 어머니가 편안해 하며 좋아하실 줄 알았다는 것이다. 그런데 어머니가 식음을 전폐하며 그렇게 갈 줄 몰랐다고 내내 통곡을 하시더란다.

"내가 얼마나 사랑했는데 말 한마디 못하고 그렇게 가다니."

자식들은 꼭 배신당한 느낌이 들어 어이가 없었다고 한다. 그렇게 사랑하면서 날마다 먼저 죽으라고 윽박지르며 싸운 게 뭔가? 살아있을 때 사랑을 표현하고 확인하며 다정하게 살지 꼭 죽어 없을 때야 사랑을 고백하면 무슨 소용이란 말인가. 한동안 가족들도 응어리가 뭉쳐있어 가슴앓이를 했다고 한다. 하기야 부부는 누구도 결론짓기 어려운 감정의 교류가 있다.

내가 41세 때 애들이 대학에 가야 할 무렵 남편은 정년퇴직이 가까워오고 딸 아들이 대학에 다녀야 해서 취직을 생각했다. 그 당시는 경제적으로 궁핍한건 아니었지만 성전 건축헌금을 책정 받고 내가 벌어서 내야겠다는 기도를 했다.

갑자기 중장비를 배우겠다는 생각이 들어 학원에 등록하여 지게차와 굴삭기 면허증을 땄다. 남편은 해외 있을 때다. 알리면 야단할 게 뻔했다. 91년도에 당당히 한국타이어 영등포공장 물류과에 지게차 기사로 남자기사들과 똑같은 조건으로 입사했다. 한국타이어 회사 역사상 현장직에 여자 정식 직원은 나 혼자였다.

1년 동안의 월급은 성전신축헌금을 약속한대로 봉헌했다. 남자기사들도 힘들다며 빠져나간 자리인데 여자라면 얼마나 붙어있을까 하는 회사의 눈치 속에서 내가 근무해야 했으니 힘든 건 당연했다.

운전을 해보지 않은 내가 겪어야 하는 우여곡절은 그만 두고라도, 항상 그랬지만 극성스러운 시어머니는 자주 팔, 다리, 허리를 다쳐 오셔서 내가 병간호를 해드리곤 했다. 그때도 허리를 많이 다쳐 대소변을 받아내야 했다. 지금처럼 요양병원도 없던 때다. 남편은 퇴직해서 집에 있을 때고 나는 회사에 근무를 해야 했다.

잔정이 많은 남편은 시어머니를 나름 정성을 들여 간호했다. 몸을 움직이지 못하는 어머님을 기저귀도 갈아드리고 몸을 씻겨드리기도 하고 먹을 것을 챙겼다. 밤에는 내가 할 수 있지만 낮 동안은 남편이 모든 것을 접어두고 병간호를 하는데도 어머니는 나을 기색이 없어보였다.

그동안 병간호를 많이 해본 나는 시어머니를 잘 안다고 생각했다. 삶에 강인하신 시어머니는 낫겠다는 의욕으로 회복도 빨랐는데 이번은 아니다. 시어머니는 게슴츠레한 눈으로 죄인처럼 주눅이 들어 있었다. 아무래도 어머님이 나으면 시골 아버지와 같이 사셔야 하는데 날마다 싸우다가 이혼하겠다고 툭하면 올라와 하소연을 하고, 아버지 밥해주기 힘들다고 하시는 걸 보니 아무래도 시골에 내려가는 게 싫으신 게 아닌가 생각했다. 나는 어머니를 위한답시고 말씀 드렸다.

"어머니 나으시면 저희하고 같이 살아요. 아버님은 혼자도 잘 계시니까 반찬이나 해드리고 시골에 계시라고 하고요."

아무런 표정이 없으셨다. 시누이가 다녀간 며칠 후에 아버님이 올라오셨다. 게슴츠레 하던 어머니의 눈이 갑자기 반짝이고 얼굴에 생기가 났다. 나는 깜작 놀라,

"어머니, 왜 갑자기 이렇게 예뻐지셨어요?"

"네 아버지가 왔잖니."

나는 망치로 얻어맞은 것처럼 휘청했다. 이 당혹스러운 배신감. 시어머님은 혼자 계신 아버지가 걱정스러우셨나보다. 아무리 아들자식이기는 하지만 여자로써 보이고 싶지 않은 부위를 아들에게 보여야 하는 게 부끄럽고 창피하셨을 것이다. 그날 이후 남편 보고 아예 어머니 방에 들어가지 말고 모든 걸 아버지께 맡기라고 했다. 평소와

는 달리 아버님은 어머니의 병수발은 정성껏 하셨다. 생각보다 빨리 어머님은 회복되어 가셨다. 좀 더 계시라는 만류에도 두 분이 시골로 내려가셨다.

"그래도 내 집이 편하지."

그때 깨달았다. 효자자식 열보다 싸우고 지지고 볶아도 배우자가 낫다는 것을. 부부간의 끈끈한 점액질은 하루아침에 생기는 것도 아니지만 싸우면서도 생긴다는 것을.

어느 신부님이 그랬다던가. 기왕에 죽을 거라면 암으로 죽는 게 축복이라고. 암은 죽을 때까지 정신이 있어 죽음 준비를 할 수 있는 시간을 가질 수 있기에 하는 말일 게다. 남편이 이런 시간을 가질 수 있게 잘 버티어 주는 게 고맙다. 지금까지 살아온 중에 가장 마음이 잘 통하고 애절하게 사랑하는 순간들이다. 시간이 많이 남은 줄 알았다. 그래서 언짢은 일에도 의견 충돌을 하기도 하고, 보이지 않는 내일을 위해 쌓아두는 일에 급급했다. 지금 이 순간만이 우리 둘에게 주어지는 마지막 누릴 수 있는 행복이다. 얼마나 소중한 시간인가.

애들과 월악산을 산책하기도 하고 드라이브도 했다. 언젠가 둘이서 여행 와 이곳에서 가졌던 추억의 자리도 찾아가 보았다. 아! 지금 남편을 보내기는 너무 아쉽다. 춘천에 들러 닭갈비를 먹었다. 애들이 해 주고 싶은 것은 다 응해 준다. 그들도 아버지가 떠난 후 못해주었다는 아쉬움이 없게.

그는 욱한 성질로 나를 많이 아프게 했다. 투병생활을 하면서 수양

하듯 성격을 다듬었다. 이제야 나는 진정으로 그를 사랑으로 받아들일 수 있다. 그런데 시간이 없다. 나는 농장에 혼자 있을 때 소리쳤다.

"하느님, 이제야 나는 온전히 그를 사랑합니다. 당신이 하실 수만 있으면 내 수명을 그이한테 연장시켜 십 년만 더 살 수 있도록 해주세요."

아들은 면역력에 좋다는 이것저것을 보내왔다. 장뇌삼, 건강식품 등을. 그러나 암은 행군을 멈추지 않는다. 그동안 연락하고 안부를 묻던 암 환자들이 하나둘씩 연락이 끊기면서 본인도 좌절해간다.

남편은 그동안 기록하고 썼던 글, 사진, 칼럼, 그가 부르던 노래 등을 모두 CD에 저장한다. 나를 위한 것이다. 인생을 즐길 만큼 다양한 취미를 가져 나를 지루하지 않게 해주었다.

울고만 있습니다
- 투병 중에

박소담

바람이
가지 끝에 울고 있는데
농장 밭고랑에 풀과 싸우는 아내

내 가슴 한가운데 뭉쳐 있는 연민
마음 가는데 몸이 갈 수 없어
바라보는 눈앞에
자꾸만 끼어드는 안개

오래 바라볼 수 없어
도려내는 심장 속에 고여 드는 핏물
두고 떠나야 하지만
이대로 조금 더 머물 수만 있다면

떠날
준비

유유상종이라던가. 암환자들과 정보를 주고받으며 안부를 확인한다. 어디가 좋고 어떤 교육이 도움이 되고, 무얼 먹고 낫다고 하더라는 식이다. 천분의 일이라도 희망이 있다면 그 희망 속에 잠시라도 속고 싶은 게 인간이다. 탓할 수는 없다. 누구나가 하루하루 죽어가고 있지만 실감하지 못할 뿐이다. 다만 죽음을 선고 받은 환자들은 그걸 직면하고 죽음에 대해 방어하는 마음을 체험한다는 것이다. 주어진 시간이 얼마나 소중하고 빨리 달아나는지 실감한다. 붙잡고 싶지만 그럴 수 없다는 것도 알기에 더 절실하다.

남편은 그동안 다녔던 양로원에 가서 다시 한 번 노래를 불러 주고 싶다고 했다. 노후에 둘이서 봉사를 다니는 게 소망이었다. 준비하느라 레크리에이션 강사자격증도 취득했다. 늦게 색소폰도 배웠다. 음악에 별로 소질이 없는 나는 이야깃거리를 준비하느라 책도 더 읽어야 했다.

그때는 몰랐다. 이러한 순간들이 얼마나 찬란하게 빛나는 행복이었는지. 더 늦기 전에 가야했다. 남편이 조금 더 기력이 남아있을 때.

　우리가 찾아 갔을 때 어르신들은 자식이 온 것처럼 반겨 주고 걱정해 주었다. 낯익은 얼굴들이 그사이 몇 명은 보이지 않는다. 새로운 얼굴들로 그 자리가 메워져 있다. 이곳은 삶과 죽음이 공존하는 저승 대기실 같은 곳이다. 여러 군데를 그렇게 돌고 왔다. 아니, 남편은 이별 공연을 한 것이다. 그들에게는 빨리 나아서 다시 오겠다고 했지만 둘이는 안다. 지킬 수 없는 약속이라는 것을.

　자식들도 찾아오지 않은 생일파티에 육십이 넘은 중노인들이 양로원어르신들을 웃게 하려고 유치원생처럼 재롱을 부리던 일, 화려하게 보이려고 남대문시장에 가서 반짝이 천을 사다가 피에로 옷을 만들어 입고 피에로처럼 춤을 추던 일, 포도가 날 때면 농장에 모시고 와 잔치를 해 주던 일, 소소한 일상들이 얼마나 아름다운 일이었나를 그때는 몰랐다. 참 어리석게도 잃어버리고 나서야 소중함을 깨닫게 된다.

　겉으로 웃었지만 나는 속으로 운다. 앞으로는 이런 시간들이 오기는 어려울 것이다. 몇 년을 다니면서 보면 안타까운 장면이 있다. 그 자리 그 침대에 그대로 몇 년째 그 모습으로 누워있는 그 할머니다.

　튜브로 죽을 먹는 할머니는 죽고 싶어도 죽을 수가 없다. 한 손이 치켜 올라가 움직이지 못하니 얼마나 팔이 아플까 싶은데 아마도 감각을 모르는 것 같다. 저 모습으로 숨만 쉬고 있는 게 살아있다고 봐야 하는 건지.

　할머니가 생각할 수 있다면 이 고통을 벗어나고 싶어 하지 않을까, 할머니의 머릿수가 수입으로 연결되는 요양원에서는 가능하면 죽지 않게 조치하는 게 아닐까, 괜히 자식들과 이웃과 국가에 부담만 주는 게 아닐까 하는 별별 생각이 든다.

이곳에 있는 분들의 화려한 과거는 아무 소용이 없다. 평균치로 노인들이라는 이름으로 폐기처분하려 기다리는 고물상 같다는 생각이 든다. 우리는 오늘도 정거장을 향해 걸어가고 있다. 다른 세상으로 떠날 기차를 타기 위해.

어제 떠난 사람과 오늘 남은 사람의 차이점은 오늘도 걸어야 하는 시간이 조금 남아있다는 것이다. 그러고 보면 나는 살아가면서 내세에 대한 호기심이 남달리 많았던 것 같다.

죽음 이후나 영혼이 과연 있을까, 있다면 어떤 형태이고 저 세상은 내 삶과 어떤 연관일까 하는 점들이 궁금해 책도 읽어보고 기도도 해보고 눈에 보이지 않은 기에 대해서도 관심을 가졌다.

그래서 일까, 남들이 말하는 여러 신비체험도 많았다. 친정아버지가 돌아가시고 한 달이 지날 무렵이다. 꿈에 친정아버지가 마당이 넓은 친정집 대문으로 걸어오시면서,

"니들이 보고 싶어 딱 한 시간만 허락받고 왔다."

하시며 마루에 걸터앉으셨다. 나는 꿈에도 아버지가 돌아가셨는데 하면서도 궁금한 게 많았다.

"아버지, 정말 저세상이 있어요? 천국과 지옥이 있어요?"

아버지는 그 자리에서 태어나 그 자리에서 돌아가신, 그야말로 전형적인 시골분이다. 그래도 남들보다는 정신이 깨어 있어 무당이나 점집을 믿지 않았고, 남한테 피해주는 일이 없는 남들이 말하는 학자풍이셨다. 콩 심은 데 콩 나고, 팥 심은 데서 팥을 거두시는 융통성이 없으신 분이다. 너무 자로 잰 듯이 살다보니 화통한 어머니가 화병이

생겼다. 이런 아버지의 입에서,

"천국과 지옥은 없어. 그건 세상의 종교인들이 만든 제도들이야. 그래야 세상을 다스리지 않겠니?"

"그럼 아버지는 거기서 뭐해요?"

"농사를 짓지. 내가 할 줄 아는 게 농사뿐이 더 있냐?"

"그런데 말야……."

아버지는 아주 난감한 표정을 지으며 말을 해야 할지 말아야 할지 그러나 하지 않으면 못 견딜 것 같은 묘한 얼굴을 했다. 아버지답지 않게 얼굴을 붉히며 쑥스럽게 꺼내셨다.

"그곳에는 함지방도 있다. 남자가 여자 같고, 여자가 남자 같은 곳인데……."

지금의 우리는 그 모습이 어떤 상황인지를 알아차리지만 그 당시의 아버지는 저승을 구경하시다 그 모습들이 쇼킹했나 보다. 난 '함지방'이 무슨 소리인지 몰라 국어사전도 찾아보았다. 아버지의 의도가 들어 있는 풀이가 없었다.

여러 사람들한테 수소문을 하고 남자 직원들한테도 물어보았다. 그 말은 술집에서 쓰는 은어라고 했다. 한번 붙잡혀 들어가면 발가벗고 나와야 하는 그런 술집이란다. 어쩌면 저승도 이승과 비슷한가 보다.

언젠가는 내가 죽기 직전의 꿈을 꾸었다. 죽음에 임하는 순간 모든 뼈에 스며드는 외로움. 누구도 가보지 못한 곳을 혼자 가야 한다는 두려움과 외로움은 이 세상 그 어느 외로움보다 가슴에 저렸다. 그때 느꼈다. 임종자에게는 가족들이 손을 잡고 사랑했다고, 혼자가 아니라고, 안아주고 격려해 주어야 한다는 것을.

또 다른 체험은 한 순간에 그야말로 찰나에 살아온 내 일생을 보았다. 어릴 때부터 현재까지의 모습이 영사기 필름 돌아가듯 한순간에 보였다. 영화처럼 시간이 필요하지 않았다. 한꺼번에 모든 것이 보였다. 어떻게 그게 가능한지는 나도 이해할 수 없었지만 하여튼 그랬다. 임사체험자들이 흔히 말하는 그 현상이었는지 나도 모르지만 나는 그 광경을 보고 너무 부끄럽고 도망갈 데가 없어 가슴을 움켜 쥐었다.

내가 남들 모르게 저지른 잘못, 내 양심에 찔렸지만 아무도 모른다고 덮어 두었던 나만이 아는 숨겨진 잘못, 내 고집으로 용서를 청하지 않았던 일, 남들은 내가 올바르고 착하다고 하지만 그러지 못했던 게으른 일들, 도와줄 수 있었지만 손해 보기 싫어서 눈감았던 일들, 내가 보고 싶지 않았던 나를 속였던 일들이 너무도 적나라하게 내 앞에 펼쳐 보였다.

나의 생각과, 행위와, 영혼과, 양심, 모든 것을 알고 있는 어떤 정체 앞에 도망갈 곳도 없다는 게 얼마나 두렵고 당황스럽던지. 객관적으로 바라보는 지나온 내 삶이 부끄럽기 한이 없었다.

심판대 앞에 서는 꿈도 꾸었다. 큰 사거리였다. 수많은 군중들이 아무런 표정 없이 광장 거리를 가득 메웠다. 바람도 햇빛도 사람소리도 없다. 하얀 옷을 입은 수백 명의 여자들이 줄을 서 광장에 걸어 나오고 있는데 아무도 어떻게 하라는 지시가 없고 스스로 알고 있는 양 한복판에 자리를 잡자 이번에는 하얀 옷을 입은 남자들 수백 명이 뒤따라온다.

그들의 얼굴과 모습들이 빛났다. 그들도 알아서 광장 앞에 자리하고 있다. 주변에는 수많은 사람들이 있지만 아무런 사람소리가 들리지 않았다. 그들 앞에 두 발만 올라갈 수 있는 발판 하나만 덩그러니 놓여있다. 발판 뒤에는 몇 명의 사람들이 줄을 서 있다.

나도 그중에 한 명으로 차례를 기다리는데 내 뒤에는 사람이 없었다. 내 앞에 앞 남자는 내가 보아도 술주정꾼에다 아직도 술에 취해 몸을 가누지 못하고 있다. 지저분한 옷차림도 그렇지만 수세미 같은 머리에 얼굴 형색으로 보아 그동안의 그 남자가 살아온 게 보였다. 어디선가 웅장하게 울리는 소리가 들려왔다.

"너는 사람으로 태어나 짐승같이 살았으니 네 살아온 대로 받으리라."

사람은 아무런 말을 할 수가 없다. 그는 비틀거리며 단에서 내려왔다. 이제 내 앞에 서있는 50정도 되어 보이는 여인이다. 그녀는 무명으로 만든 깨끗한 한복을 입었는데, 머리는 쪽지여 쇠로 만든 비녀를 꽂았다. 호리한 키에 검소하지만 단정한 옷맵시에 갸름한 얼굴은 단아하고 수려했다. 예쁘다기보다는 우아했다. 내가 보아도 대갓집 마님은 아니지만 천박한 여인은 아니게 보였다. 천지를 진동하는 듯 한 우렁차고 울리는 음성이 들렸다.

"너는 양반집 규수로 태어났지만 모함에 빠져 상민으로 팔려가 종노릇을 하면서도 불평 없이 네 처지를 잘 지켰으니 원상대로 환원시켜주마."

그 여인도 고맙다느니 아니라느니 하는 한마디의 말도 안하고 단에서 내려왔다.

이제 내 차례다. 나는 그 순간 뼈가 녹아내리듯이 내 가슴을 움켜 쥐었다. 도저히 이 단에서 도망갈 수도 없고 숨을 곳도 없는데 태어난 순간부터 지금까지 나를 알고 있는 이 음성 앞에서 변명할 수도 없는 이 순간, 그 판결이 무섭고 두려웠다.

절체절명의 이 순간에 남편, 자식, 소유한 물건, 부모, 형제, 아무도 생각이 나지 않았다. 누구를 생각할 틈이 없다. 오직 왜 그동안 잘 살지 못했을까 왜 사랑하며 살지 못했을까 하는 후회가 숨이 막혔다. 나는 너무 숨이 막혀 소리를 쳤다.

꿈에서 깼다. 열흘 동안 가슴이 조여와 숨쉬기가 어려웠다. 그 이후로 나는 자식이나 남편, 물건들에 대한 모든 것을 내려놓았다.

어느 때인가 나도 어떤 음성의 물음을 받았다. 왜 사랑하지 않았던가? 왜 기도하지 않았던가? 여지껏 사랑하지 않은 건 죄라고 생각하지 않았다. 그러나 사랑하지 않은 것이 가장 큰 죄임을 깨달았다. 인디언들의 속담에 이런 말이 있다고 한다. 천국에 가면 두 가지의 답을 해야 한다고 한다. 인생에서 기쁨을 찾았는가? 당신의 인생이 다른 사람을 기쁘게 했는가? 죽어서 신 앞에 섰을 때 명예나 물질이나 자식이 아니라, 사랑하지 않은 것에 대한 추궁을 받는다는 것이다.

나는 입이 무거운 편이다. 남편한테도 애들한테도 사랑한다는 소리를 가볍게 하지 않았다. 립 서비스처럼 남발하는 사랑이라는 단어에 너무 무책임하다는 생각에서다. 사랑은 내 모든 것을 아낌없이 줄 수 있어야 하는데 나는 그럴 자신이 없기 때문이다.

그러나 조금은 느슨하게 내가 실천할 수 있는 사랑을 가지려고 했다. 나무, 풀 한 포기, 동물에게도 야생화에게도. 뽑을 때는 미안하다고 했다. 꽃이 피면 예쁘다고 칭찬해주고 과일을 딸 때면 고맙다고 했다. 만나는 사람에게도 그렇게 하려고 했다.

그 체험들이 숙성되지 못한 내 의식의 반영인지도 모른다는 생각을 해본다. 꿈인지 생시인지 모르는 상태에서 겪는 이 체험은 잊히지 않는 태몽처럼 선명하다.

그러나 육체가 죽었다고 해서 영혼까지 죽는 건 아니라는 확신을 얻게 된 나는, 죽음과 삶이 같이 한 공간에서 공존한다고 생각한다. 살아있을 때만이 영혼을 성장시킬 수 있는 기회가 있는 것이다. 죽음의 준비도 저축처럼 있을 때 준비해야지 없을 때는 저축을 찾아서 써야 하는 시기인 것이다. 이따금씩 그 생각이 날 때마다 나를 돌이켜본다.

이상구 박사가 강원도에서 뉴스타트 교육을 한다고 가고 싶어 했다. 칠박팔일 동안 환자들과 같이 암에 대한 정보와, 면역력 증강을 위한 식생활 개선, 신앙적인 자세, 운동 요법 등 다양한 프로그램을 강의 받고 왔다. 표정은 밝았다. 금방 암을 이겨낼 것 같다. 본인이 0.1%의 선택된 사람인양 희망적으로 보였다.

그러나 그의 얼굴은 점점 야위어 간다. 암이 세력을 확장해 간다는 증거다. 강의 테이프를 열심히 듣는다. 하느님에 의지해서 몸의 유전자를 깨워 면역력을 높이자는 내용이다.

친구 따라 당진에 있는 요양원에도 다녀왔다. 그곳에도 암 환자들이 혹시나 하는 희망으로 와 있다. 일주일 정도의 프로그램이다. 그동안에는 몰랐다. 암환자들 상대로 하는 요양시설, 교육프로그램, 건강식, 좋다는 약들이 이렇게 많은지. 책들도 그렇다. 주변에 환자들도 많다. 며느리 친정엄마도 암으로 떠났는데 그 아버지도 간암 판정을 받았다. 아들 내외는 양쪽 아버지의 암 투병에 정신이 없다.

남편 앞으로 되어있는 보험도 없다. 보험인식이 좋지 않던 시절 몰래 보험을 넣다가 들켜 해약하곤 했다. 보험 필요성을 느낄 때는 나이가 많다고 받아주지 않았다. 내 앞으로 가입한 암보험 중에 가족보험이 있어 배우자는 반 정도 나오는 보험이다. 초창기에 가입한 거라 보험금은 많지 않아도 치료비에 도움이 되었다. 그때서야 남편은, "준비성이 많은 당신 때문에 도움을 받네." 했다. 나이 들면 자식보다 더 필요한 게 보험과 연금이다.

대부도에 사놓은 작은 땅이 있었다. 노후에 작업실을 짓고 싶다는 꿈이었다. 여의치 않아 나무를 심고 가꾸었는데 이제는 소용없는 꿈이다. 남편이 없으면 혼자서 나무를 가꾸기도 벅차다. 치료비도 필요해서 내 놓았는데 적절한 시기에 산다는 사람이 있어 팔았다. 얼마나 후련하던지. 남편이 있을 때 팔게 되어 감사했다. 남편이름으로 감사 헌금도 냈다. 그가 떠날 때 좀 더 홀가분할 것이다.

그해 겨울은 유달리 추웠다. 수도가 얼고 하수도가 얼었다. 공사를 여러 번 했다. 남편이 해외근무를 오래 할 때는 모두 내가 했던 일이다. 그러나 남편이 없다고 생각하면 이 모든 일들을 내가 해야 한다니 참 서러울 것 같다. 남편이 귀국하여 같이 생활하던 때다. 혼자 일 처리를 하는 게 습관이 되어있던 나는 전구를 갈아 끼는 것도 하수도 고장이 난 것도 내가 알아서 척척 해냈다. 그게 남편을 위한 일이라고 생각했다. 어느 날 남편이 심각하게 말했다.

"나는 어디론가 혼자 떠나고 싶어."

"왜요?"

"당신은 나 없이도 혼자 잘 살 것 같아. 내가 해줄 수 있는 게 없어."

그때 나는 아차! 싶었다. 남편의 설 자리를 내가 다 빼앗은 것이다. 가장으로서의 필요한 존재임을 내가 뭉개버리고 내 당당함으로 그를 은근히 무시한 것이다. 그날 이후 나는 무슨 일만 있으면 남편을 불러댔다. 내가 할 줄 아는 일이지만 못하는 척 했다. 그리고 몇 년이 지나자,

"당신이 하루에도 나를 몇 번이나 부르는 줄 알아? 당신은 나 없으면 아무것도 못해."

"그래요. 나는 당신 없으면 못살아."

그는 자기가 없으면 집안이 무너지는 것으로 아는지 열심히 도왔다. 나는 속으로 웃었다.

눈이 쌓인 소래산을 걸어 인천공원까지 간다. 만의골에서 보리밥을 먹는다. 길가 난전에서 메추리고기에 막걸리를 먹고 싶어 해서 먹으라 했다. 그는 이런 서민적인 분위기를 좋아했다. 이 순간 먹고 싶고, 보고 싶은 것을 못하게 하면 후회될 것 같다.

육십 년 넘게 담배를 피우시던 시어머님을 기관지가 좋지 않아 담배를 못 피게 했다. 나는 시어머님께는 내가 해 드릴 수 있는 것은 다 해드리려고 노력했다. 그러나 담배만큼은 사드리지 않았다. 백해무익한 담배를 피우는 것도 못마땅할 뿐만 아니라 그것은 건강을 악화시키는 것이라고 생각해서다.

나중에서야 알았다. 내가 결코 좋은 며느리는 아니었다는 것을. 며느리 눈치 보느라 담배를 참던 시어머님이 얼마나 힘드셨을까 싶었다. 돌아가시기 이틀 전에 남편에게 담배를 사오라고 하셨다. 그 표정이 얼마나 절박하던지 말리지 못했다. 만일 이번에도 내가 싫은 소리를 하면 가만두지 않겠다는 앙다문 표정이었다.

작심한 듯 이틀 동안 줄담배를 피우시다 돌아가셨다. 그게 내내 마음에 걸렸다. 제사상에 담배를 올려놓고 죄송하다고 용서를 빌었다. 몸에 좋지 않다고 말린들 얼마나 시간을 연장하겠는가? 괴롭게 조금 더 사느니 기쁘게 조금 더 일찍 가는 게 본인이 원하는 것이었지 않을까 싶었다. 아니, 이건 내 생각이기도 하다.

남편의 절친한 친구 중에 간경화로 돌아가신 분이 있다. 평소에 술을 너무 좋아해서다. 부부동반으로 통영에 여행을 갔을 때의 일이다. 그곳에 내려가서 자리 잡은 친구가 근사한 횟집에 초대했다. 좋은 자리에 당연히 술이 오고갔는데 건강이 좋지 않은 친구가,

"이 좋은 자리에 내가 술을 안 마실 수 있나?" 하고 술잔을 들이댔지만 모두가 술을 주지 않았다. 그의 건강을 위해서다. 모든 친구들의 마음이야 한 마음이지만 그분은 버럭 화를 내며,

"내 너희 놈들 하고 두 번 다시 같이 안 다닌다."

그게 그분과의 마지막 여행이었다. 두 달 후에 돌아가신 것이다. 그때 모두들 후회했다. 그럴 줄 알았으면 그때 그 좋은 분위기에 기분 좋게 한잔 줄 것을. 남편은 그게 두고두고 마음에 걸리던지 당시의 심정을 시로 쓰기도 했다. 알지 못하는 내일을 위해 오늘 누릴 수 있는 기쁨을 접어두는 것은 어리석은 일이었다.

공원을 어슬렁거리듯 걸었다. 참 할일 없는 사람들처럼. 피곤하면 쉬기도 하고, 호수의 오리들에게 과자부스러기도 던져 주고, 연인들처럼 손을 잡고 걸었다. 참 평화롭다. 뒤돌아 생각해보니 무던히도 종종걸음으로 남 못지않게 동분서주했다. 무엇 때문이었는지 기억도 없다. 이렇게 한가롭게 오붓하게 오로지 이 순간에 집중하고 느끼면서 지냈던 기억이 없다. 그냥 정신없이 바쁘다며 사는 게 열심히 사는 줄 알았다. 그렇게 천년을 살 줄 알았다.

무엇이 그렇게 바빴을까? 지금 생각해 보면 이런 시간을 이제야 가질 수 있을 만큼 중요한 일도 아니었다. 암이 아니었다면 지금도 바쁘다며 휘돌아 다녔을 것이다.

그는 내 손을 자기 주머니에 넣었다. 그렇게 하기를 즐겨했다. 손이 남자 손보다 더 억세다며 놀리곤 했다. 그러면서도 내 손이 세상 어떤 손보다 소중하다며 잘 때는 꼭 자기 가슴에 품고 잤다.

자기가 가장 어려울 때 부모의 반대를 무릅쓰고 자기한테 와 준 것을 항상 고마워했다. 버스비를 아껴 내가 좋아하는 옥수수를 식지 않게 가슴에 품고 왔던 남자, 자기를 예쁘게 봐 달라며 잠자기 전 내 눈에 날마다 뽀뽀를 해주던 남자, 주머니에 돈이 있으면 내게 무언가를 사주고 싶어 안달하는 남자, 욱하는 성질로 내게 상처를 주고는 눈물로 사죄하며 무릎 꿇은 남자다.

내가 듣고 싶다면 어디에서든 노래를 불러주던 남자, 달빛에 코스모스가 예뻐 보여 내게 주려고 들고 온 남자, 유일한 내편인 단 한 사람이 내 곁을 떠나려 준비한다.

우리는 많은 대화를 나누었다. 그동안 서로에게 상처 주었던 일, 서운했던 일, 서로의 가슴에 응어리진 돌멩이들을 대화로 풀어냈다.

남들에게 우리 부부는 잉꼬부부라고 소문이 났다. 그렇기도 했다. 어디를 가든 같이 다녔다. 봉사를 갈 때도 둘이었고, 시장을 갈 때도, 문학회에 갈 때도 둘이 간다. 친구들은 이상하게 생각한다. 동창모임에서 해외여행을 갈 때도 나는 같이 갔다. 시로 등단 할 때도 둘이 같이했다. 시집을 발간 할 때도 부부시집으로 냈다.

젊은 사람들은 자기네 노후의 이상형이라고 하지만, 그들에게 보이는 것만큼 완벽하게 아름다운 모습으로 산 것만은 아니었다. 내 가슴에 쌓인 가시들이 나를 힘들게 할 때도 많았다. 성질 때문이다. 화가 나면 말에 가시가 붙어 가까이 있는 가족들을 찌르곤 했다. 당연 내가 제일의 피해자다.

나에게도 문제가 없던 건 아니다. 애교도 없고 매사를 틀에 박히게 정도 이상을 허용하지 못하고 술 마시고 흐트러지는 남편에게 화를 많이 냈다. 술을 못 마시는 나는 그게 용납이 안 됐다.

7남매 중 셋째인 남편은 부모 밑에서 형제들과 같이 자라지 못했다. 할머니, 할아버지가 부모인줄 알고 자라다 어느 날 초등학교를 가야 하는 나이가 되어 형제들과 같이 살게 되었다. 형제들은 왕따를 시켰고 의욕이 많고 호기심이 많은 그는 항상 부모의 꾸지람 대상이었다.

고분고분한 맏형은 부모의 사랑을 독차지했다. 누나는 야단맞을 일은 새로 들어온 동생이 했다고 핑계를 댔다. 항상 억울하게 야단을 맞아야 했다. 능력 없는 시아버지는 배우고 싶은 아들을 내쳤고, 시어머니의 몇 번의 파산으로 그는 고학을 해야 했다.

시아버지와 성격이 너무 다른 시어머니는 무능한 시아버지 대신에 온갖 고생을 다 하셨다. 술 좋아하고 놀기 좋아하는 잘생긴 시아버지는 천성은 다정하고 착했지만 생활능력이 없었다. 3대독자로 자라 부모의 재산을 털어먹으며 사는 게 시어머니는 속이 터졌다. 7명의 자식을 놔둔 채 밖으로 다니며 광주리 장사부터 고물상, 양조장까지 안 해본 것이 없었다. 그런 시어머니가 빚보증에, 계주하다 부도에, 몇 번인가 집안이 거덜 났다. 고생만 했지 어느 자식하나 제대로 공부를 시키지 못했다.

일곱 명의 자식은 엄마 밑에서 따뜻하게 자라지 못해 서로에게는 애틋하지만 어머니와는 애정이 없었다. 경우 밝고 사리 분별은 정확하지만 남편한테 자식한테 인정을 받지 못했다. 그게 어머니는 서럽고, 아버지는 아내 없이 자식들만 남은 집안에 정을 붙이지 못해 밖으로만 돌았다.

그중에도 어머니의 유일한 희망과 보람은 착한 큰아들에 대한 애정이었다. 남편과 자식 여섯 명을 다 보태도 큰아들 하나와 바꾸지 않을 거라며 온 정성을 큰아들에게 쏟았다. 큰아들 때문에 이혼하지 않고 살았다고 하니 그 고통도 얼마나 심하셨을까.

큰아들이 결혼을 할 무렵에 어머님은 큰며느릿감이 영 맘에 들지 않았다. 막내로 자라 조금은 철이 없는 듯한 며느릿감이 기대 높은 시어머니 눈에 탐탁지 않았다. 맏이는 부모 대신이라 모든 동생들을 아우르고 폭넓게 감싸 안기를 바랐지만 본인 살기도 버거웠다.

어머님의 기대와 현실의 벽이 클수록 고부간의 갈등이 심해졌다.

아주버님은 천성이 효자였지만 어느 남자든 아내를 이길 수 있는 자는 없다. 부모를 모시라면 이혼을 하겠다니 3명이나 딸린 자식 때문에 어떻게 할 수도 없었을 것이다. 어머니의 편애와 집착으로 집안이 평화로울 리 없다.

이런 시어머님이 나한테는 천사라며 무슨 말이든 다 옳다고 믿어주셨다. 어쩌면 기대하지 않았던 아들며느리가 시동생을 키우면서 시집의 맏며느리 역할을 해야 하는 내게 더는 무어라 하실 수 없으셨을 것이다.

죽는 날까지 바짓자락이라도 붙들고 큰아들과 살겠다는 어머니의 희망이 이렇게 무너지자 누구도 어머님을 모시겠다는 자식이 없었다. 모두가 입을 다물고 있다. 내가 모시겠다고 자청했다. 어쩔 수 없는 일이라면 기꺼이 받아들여야 하는 게 서로에게 좋은 모습이다.

내 집에 있으면서도 큰아들, 큰며느리에 대한 배신감으로 마음이 편하진 않으셨다. 일요일이면 큰아들을 기다리느라 현관문 앞에서 앉아있는 게 너무 불쌍할 정도다. 내내 기다리다 와야 할 시간이 지나면,

"얘! 나 술 한잔 다오."

연거푸 술을 꿀꺽이시며 몇 십 년 동안 똑같은 내용의 레코드판이 돌아간다.

"내가 지 놈을 어떻게 키웠는데……."

이런 시어머니가 가여워 내 품에 안고 다독거리며 잠을 재우는 일도 많았다.

집착과 정은 가슴에 가시처럼 박히어 어머님의 무의식을 지배했

다. 시누이가 넷이나 되지만 딸들한테도 위로받지 못한 것은, 딸들은 소용없다고 구박하고 내친 것들이 딸들에게는 원한으로 각인되었기 때문이다.

"그렇게 큰아들, 큰아들 하더니 왜 큰아들한테 밥 한그릇 못 얻어 잡쉈요?"

엄마의 따뜻한 사랑을 받지 못한 딸들의 원성을 내내 들어야 하는 어머님은 뿌린 씨를 거두는 중이었다. 친척의 모임에도 어머님은 떳떳하지 못하셨다. 큰아들이 효자라고 그 아들만 믿고 살아간다고 큰소리쳤는데 그러지를 못하는 입장이 면목 없었을 것이다. 큰아들은 나름의 노릇을 못했다는 자책감으로 당당하지 못했다. 그러니 집안이 조용하질 못하고 항상 분란이다. 근본적인 것은 어머니 때문이다.

"어머니! 형님에 대한 어머니의 서운함은 어머니 잘못이에요."

"내가 왜? 내가 큰자식을 얼마나 고생하며 키웠는데."

"어머니가 사랑해야 할 사람은 아버진데 어머니는 아들을 남편대신에 사랑했잖아요? 자식들을 편애하시고. 오직 큰자식에게만 정을 주셨으니 나머지 자식들은 얼마나 엄마 사랑이 그리웠겠어요. 아버지는 또 얼마나 외로웠고요. 그건 어머니가 잘못하신 거죠. 성경에도 인류의 최초의 살인이 하느님의 편애에서 벌어졌잖아요."

"하기야, 남편이 속 썩이니 내가 아들 하나 믿고 붙잡고 살았지. 그렇지 않으면 살 의욕도 없었으니까."

"그건 어머니의 책임이지요. 어머님이 사랑스럽게 아버지를 대하시지는 않으셨잖아요."

"애들은 많은데 돈을 벌 생각을 안 하고 술만 마시고 여자들만 밝

히니 내가 사랑스럽게 해 줄 수 있냐?"

"아버님은 젊으셨고 어머니는 집에 안계시고 너무 극성스러워서 아버님이 생활에 책임감을 놓으셨다는 생각도 해보셔야죠."

이런 대화들로 어머니는 자기편을 들어주지 않는다고 역정을 내시기도 했지만 조금씩 자신을 뒤돌아보시며 신앙 안에서 감정을 조절하셨다.

"큰형님이 시집와서 뭘 잘못했어요. 아들을 못낳어요. 딸을 못낳어요. 어머니처럼 살림을 들어먹었어요. 큰자식 노릇 못했다고 하지만 노릇하게 재산을 준 것도 아니잖아요?"

"하기야."

"큰형님이 논을 사드렸는데도 쌀 한말 안 주고 자식 것이 내 것이려니 하고 다 쓰셨다면서요. 형님도 애들 가르치고 살아야 하는데 그런 생각은 안하시고 어머님께 소홀하다는 생각만 하셨잖아요. 부모가 자식 키우고 가르쳐야 하는 건 고생이 아니고 의무에요. 어머님은 삶의 방향을 잘못 잡은 거예요. 자식은 자식으로 사랑해야 하고 어머님의 짝은 아버지에요."

서로 깊었던 골을 돌아가실 쯤에서야 화해 하고 가셨다. 우리가 본연의 자기 위치에서 이탈했을 때 본인도 불행하지만 주변의 모든 사람도 그 불행의 영향을 받는 것이다.

남편이 어렸을 때 받은 이런 여러 가지 상처들이 내면에 숨겨져 있다가 이성이 흔들릴 때면 밖으로 쏟아져 나왔다. 자연히 가장 가까운 가족들에게 그 오물이 튀었다. 잔정이 많고 인정이 많아 부모나 형제들에게 백 가지를 잘 해주고도 한 가지의 성질로 다 털어버렸다.

내가 감당해야 하는 이 아픔 때문에 때로는 혼자 살고 싶을 때도 있었다. 살면서 이혼을 한번쯤 생각해 보지 않은 부부가 있을까?

어느 때는 살아서는 이혼할 수는 없을 것 같고, 차라리 내가 먼저 죽고 싶다는 생각도 했었다. 너무 아픔이 컸기 때문이다. 그렇다고 친정 부모나 동생들한테 위로받기 위한 하소연도 할 수 없다. 모두의 반대를 뿌리치고 내가 선택한 길이었기 때문이다.

24살의 철없던 나이에 남편의 나이 31살.

"내가 줄 수 있는 건 주먹만 한 내 심장 하나뿐이다."

라는 삼류 말에 내 인생을 던졌던 것이다.

결혼 후 그가 데리고 있던 시동생은 고등학교에 입학했다. 본인의 생계도 어려운 시부모님은 나름 살아가느라 애쓰셨지만 결혼한 이후에 간장 한병 사주지 않은 채 시동생은 우리의 몫이었다.

당시는 공무원 월급은 너무 박봉이었다. 아무리 아껴도 생활비의 반이 부족했다. 구멍가게에서 내내 외상장부에 적어가며 한 달을 살다 월급날 갚고 그날부터 다시 외상이라 시장에 아무리 물건이 싸도 사러갈 수가 없었다.

오빠라고 찾아와 손 벌리는 시누이한테는 줄 것이 없어 결혼 때 받은 패물을 하나씩 빼 주어야 했다. 전당포 단골이기도 했다. 그때는 왜 그리 이자도 비싸던지. 그 와중에 큰애를 임신했을 때는 감당할 수가 없을 것 같아 은근이 속으로 빌기도 했다. 자연유산이 되었으면 하고. 내 바람과는 달리 꽉 붙어 있다가 태어난 딸이 지금은 얼마나 고마운지. 그때 생각을 하면 지금도 이따금씩은 속으로 많이 미안하다.

새벽에 일어나 연탄불에 시동생과 남편 도시락 3개를 싸고 세탁기도 없던 시절 기저귀 빠느라 손톱이 다 닳아버려서 손이 아려 반찬을 만들 수도 없었다. 그때는 그게 고생이고 힘들다는 생각을 할 여유도 없었다.

그동안 못했던 말들을 풀어냈다. 가슴속에 있는 것들을 다 털어내자 이제는 영혼이 일치하는 그야말로 일심동체가 되었다. 좀 더 일찍 그랬어야 했다. 그동안 우리는 사랑하면서 살아왔다고 생각했다. 그러나 사랑의 모습을 사랑한 게 아니었을까? 이제야 서로의 생각과 감정을 그 영혼을 순수하게 사랑할 수 있을 것 같은데 시간이 너무 촉박하다.

그이 옆에 누워 잘 때면 이런 밤이 며칠이나 남았을까 계산해본다. 그의 머리를 쓰다듬어 주고, 그의 눈과 코, 입술을 더듬어 어루만진다. 예전엔 그가 나한테 그렇게 안아주며 뽀뽀를 해주곤 했다. 이제는 내가 해준다. 입술을 지그시 문다. 눈물이 난다. 소리 내지 않으려고 숨을 멈춘다.

"테오도라, 미안해. 당신 혼자 두고 가게 되어. 난 괜찮아. 그동안 당신 덕에 행복하게 살았으니 더 이상 여한은 없어. 당신은 아직은 젊고 예쁜데……. 난 당신 옆에 있으면 지금도 가슴이 설레는데……. 나 같은 행운아도 흔하지 않을 거야. 온 열정을 다해 사랑하는 사람과 살았고, 그 품에서 떠날 수 있다는 게 큰 행복이지."

야윈 그의 가슴은 들썩이고 있다.

그를 위해 할 수 있는 건 그리 많지 않았다. 좋다는 것, 하고 싶다는 것, 보고 싶은 것을 해 주는 정도다. 딸이 아버지를 위해 거금을 들여 연극 표와 오페라 표를 예약했다.

대학로는 젊음으로 가득했다. 연극무대에서는 생동감 넘치는 재즈춤이 잠시나마 우리의 마음까지 춤추게 했다. 젊음도 느껴보고, 영화도 보고, 특이한 레스토랑에서 색다른 음식도 먹었다. 순간순간 행복할 수 있는 모든 것에 충실했다. 마치 한꺼번에 추억을 만들어 저축해 둘 것처럼.

"아빠! 내가 어떤 책에서 읽었는데 영혼은 어디든 생각만 하면 볼 수 있고, 갈 수 있고, 만날 수 있대. 이 세상보다 저 세상이 훨씬 더 아름답다는데. 아빠는 구경 다니느라 한참 정신없겠네."

"저세상에도 아는 사람 많으니 외롭진 않을 것 같아."

"그곳에는 잘 통하는 영혼끼리 모여 사는 동아리로 이루어졌대요. 육체가 없으니 아프지도 않을 거고. 우리도 취미와 말이 통하는 사람끼리 잘 어울리잖아요. 아빠는 그곳에서도 바쁘겠네. 하고 싶은 게 많고, 문학, 미술, 음악, 각 동아리마다 돌아다니자면 우리 생각날 틈도 없겠네."

다른 사람들은 우리의 대화를 이해하기 어려울 것이다. 죽음 앞에 있는 사람에게 죽음의 세계를 사실처럼 얘기한다는 게 너무 잔인하다는 생각을 할 것이다. 그러나 죽음은 삶의 결과다. 태어나지 않았으면 죽을 수도 없지 않은가. 임신 중에 건강한 아기를 태어나게 하려고 태교도 하고 여러 준비도 한다. 죽음은 또 다른 세상에 태어나는 새로운 탄생이다. 그 세상에 잘 태어나게 하기 위한 준비과정으로 죽음을 준비해야 하는 것이다. 딸도 나도 남편도 그런 점에서는 일치했다. 딸은 아빠가 좋아하는 것은 모두 해주고 싶어 했다. 아빠의 처지에 울부짖는 것보다는 행복한 추억을 만들려는 것이다.

이런 때 딸, 아들이 있어 얼마나 고마운지.

24세에 멋모르고 결혼해서 25세 때 딸을 낳고 26세 때 아들을 낳았다. 생각해보니 정신없이 살았던 것 같다. 그때는 경제적으로 너무 어려울 때라 조금 더 있다가 아이를 가졌으면 했다.

그러나 내 계획과 신의 계획은 달랐다. 지금 생각하면 얼마나 감사할 일인가 싶다. 돈이야 살면서 잃기도 하고 벌기도 하지만 자식은 시간이 지나야 성장하지 뻥튀기는 안된다는 생각을 젊어서는 못했다.

애들 키울 때 아빠와 같이 놀고 추억을 만들어야 할 시기에 남편은 해외근무를 많이 했다. 이따금씩 휴가 나와서 집에 같이 있을 때도 애들은 아빠와 어울리지 못하고 빨리 갔으면 했다. 엄마까지 빼앗기는 느낌이었을 것이다.

그런 애들을 남편은 서운해 했다. 가족은 한 상에서 밥을 같이 먹고 같이 뒹굴고 싸우면서 공감하고 추억을 만들어 가는 것이다. 훗날 부모를 기억할 때 같이했던 추억 속에서 부모의 모습을 찾는 것인데 남편은 그 황금시기에 가족 곁에 없었다. 무엇으로도 보상할 수 없던 시간을 가난을 벗어나려는 댓가로 지불한 것이다.

애들은 잘 커주었다. 애들한테는 냉정할 정도로 훈련을 시켰다. 걸음마 연습을 할 때도 넘어지면 모른 척했다. 밥을 먹지 않겠다고 때쓰면 그냥 굶겼다. 모유를 먹이다가 이유식 할 때는 가능하면 우유를 먹이지 않았다. 사람은 사람의 젖을 먹어야 사람이라는 생각에서다. 대신 모든 잡곡을 섞어 미숫가루를 해서 우유대신 먹였지만 병치레 없이 잘 자라주었다. 아들은 엄청 활동성 있는 개구쟁이라서 축구나 야구를 한다고 뛰어다니다 남의 집 장독과 유리창을 많이 깨서 물어주기도 했다.

일곱 살이 되면서 부터는 일요일마다 차비를 달라고 해 부천에서 면목동 수영장에 가서 놀다가 전철이 끊겨 데리러 가기도 하고 겨울이면 여의도 샛강에 스케이트를 타러 가는가 하면, 코엑스 전시장에, 어린이 공원에, 일요일마다 친구나 누나와 돌아다녔다.

한번은 소공동 롯데백화점이 오픈할 때 구경 간다고 세 살 위의 이웃 형과 같이 나갔는데 차비를 가지고 있던 형이 혼자 집에 오는 바람에 아들을 잃어버렸다.

남편과 함께 몇 시간을 찾았지만 못 찾았는데 밤늦게야 혼자서 집을 찾아왔다. 역무원 아저씨한테 사정 이야기를 하니 표를 구해주어 부천역에서 내려 30분을 걸어왔다고 한다.

이런 아들이 초등학교 5학년 때 구두닦이를 해서 돈을 벌겠다고 했다. 해보라고 했다. 친구와 구두약을 사고 구둣솔을 준비해 부천역에 앉아 구두 닦으라고 소리쳐도 아무도 쳐다보지 않더라고 낙심하고 돌아왔다. 세상이 그렇게 호락호락하거나 만만하지 않음을 일찍부터 체험하게 하는 게 공부보다 더 중요한 교육이라 생각했다.

중학교 2학년 여름방학 때는 새벽에 신문을 돌리겠다고 한다. 아침 일찍 일어나기를 싫어하는 녀석이 새벽 신문을 돌리겠다고 하니 가소롭기도 했지만 해보라고 했다.

신문지국에서 하루라도 빠지는 날이면 월급의 반을 깎는다고 해서 그런지 아들은 열심히 했다. 지켜보는 나도 놀랐다. 한 달을 마치고 월급을 받아 아빠가 좋아하는 맥주를 사들고 왔을 때 남편은 감격해 했다.

한번도 애들한테 공부를 잘하라고는 하지 않았다. 다만 최선을 다하지 않은 것에는 약속을 어겼을 때 미리 약속한 매를 때렸다. 내 감정이 실은 매를 때리면 효과보다 분노와 원망을 사기 때문에 내가 화가 났을 때는 매를 들지 않았다.

매를 들기 전에 묻는다. 무엇 때문에 맞아야 하는지 손바닥이나 종아리 엉덩이 중 어디를 맞을 건지 몇 대를 맞을 건지 애들이 알아서 선택하도록 한다. 지금은 교육상 체벌 때문에 문제가 되지만 그 문제성은 때리는 사람의 감정이 순화되지 않아서일 것이다.

아들의 장난이 심하다는 선생님의 말에 신학기 때면 산에 가서 매두 자루를 만들었다. 잘 다듬어서 손잡이 부분은 천으로 선생님이 잡기 좋게 감는다. 아들 손에 들려 선생님께 드리도록 했다. 사랑의 매를 때려달라는 무언의 부탁이었다.

부모 속 썩이지 않고 부모의 기대만큼 잘 커주는 자식이 어디 있는가. 나도 부모의 기대를 저버리고 내 고집대로 살아왔는걸. 아들은 자기가 선택하여 대학에 가고, 해병대에 지원해서 갔다. 방학 때면 으레 알바를 해야 했다. 용돈은 자기가 벌어야 해서다. 공사장에 가서 일을 하느라 새벽에 나가기도 하고 이것저것 여러 가지를 했다.

제대한 다음날부터 대학 등록할 때까지 남은 기간 동안 내가 일하는 직장에서 알바를 하도록 했다. 엄마가 얼마나 열심히 살아가는가를 보여주어야 한다는 생각에서다. 대부분의 부모들은 자기는 고생을 하면서도 자식한테는 고생을 시키지 않으려 한다. 그러나 사람은 자기가 아는 것만을 기억하고 되새긴다.

작은 중소기업에서 시작한 아들의 사회 첫발은 힘들고 방황의 시절이었지만 나는 매몰차게 냉정했다. 자식을 분재로 키우지 않고 재목으로 쓸 수 있게 키우고 싶었다. 야산에서 또래와 경쟁하며 자기 의지대로 자라는 나무여야 재목으로 쓰든 땔감으로 쓰든 사용가치가 있는 것이다.

많은 우여곡절과 시행착오와 방황을 거쳐 지금은 공기업에 근무하는 아들에게 출세와 큰돈을 벌어 영화를 누리라는 기도는 하지 않는다. 부부가 서로 사랑하고 행복하게 살면 나머지 모든 것은 다 해결이 되는 일이다.

딸은 책을 좋아했다. 아들은 빳빳한 책으로 딱지를 만들었다. 구슬치기와 딱지치기는 선수였다. 딸이 열 살이고 아들이 아홉 살이던 해다. 영등포역에서 출발하여 외갓집인 김제에 가는 여행을 둘이서 보냈다. 왕복기차표만 사주고 김제역에서 내려 몇 번 버스를 타고 어디에서 내려 걸어들어 가라는 메모를 주고는 약간의 비상금을 주었다. 나도 불안하긴 했지만 어려운 모험을 스스로 해결하면 자신감이 생길 것이라는 계산에서다.

애들은 나름대로 긴장하며 아이 둘이서만 긴 여행을 한다면 나쁜 일이 생길까봐 어른과 같이 가는 것처럼 행세하면서 갔다고 한다. 그래도 외갓집에 가는데 빈손으로 들어가면 안 된다며 용돈을 써서 고기를 사갔다고 한다. 그날 나는 친정엄마의 호된 욕을 먹어야 했다.

"야, 이년아! 네가 어미냐? 이 어린것들을 연락도 없이 어떻게 보냈냐! 세상이 얼마나 무서운데!"

세상 살기가 무서우니 세상을 당차게 살아가는 연습을 어릴 때부터 시켜야 한다는 게 내 교육 방침이었다. 지금도 딸이 묻는다. 그때 무슨 맘으로 자기들을 그렇게 보낼 수 있는 용기가 있었느냐고.

"너희들을 믿었지."

5학년 때는 방학 동안에 숙제를 내 주었다.

'어른들이 바라는 어린이들의 모습', '청소년들에게 하고 싶은 어른들의 말씀' 이 두 가지의 설문조사를 어른 100명 이상에게 받아오면 용돈을 주겠다는 숙제였다. 받기 어려운 교장선생님이나 높은 윗사람은 5명분을 더 계산해주는 조건이다. 아들은 중간에 포기했지만 딸은 교장선생님과 여러 선생님의 메모를 받아왔다. 용기를 가지고 대담해지는 훈련이었다.

방학 때는 애들을 데리고 고아원에 방문하여 후원해주는 애들 둘을 데리고 나와 같이 나들이도 하고 얼마동안은 집에서 같이 지내게 했다. 그네들은 우리 집에 엄마 없이 세 들어 살다 아버지마저 돌아가시게 되어 내가 후원해주는 조건으로 교회에서 운영하는 소망원에 들어가게 된 아이들이다.

자식이 공부를 조금 더 해서 높은 직위에 올라가는 것보다는 서로 사랑하고 도와가면서 어려운 이웃에도 관심을 가지기를 바라는 마음에서 일부러 자선하는 자리를 데리고 다녔다. 사람은 보고 듣고 아는 것만 행하게 되기에 어렸을 때부터 학습이 필요하다고 생각했다.

딸이 중학교에 들어가면서 사춘기가 왔다. 맥주 집에 가보고 싶다고 해서 말했다.

"선생님께 허락을 받아오면 같이 가 줄 수 있지만, 만일 그냥 갔다가 선생님 눈에 띄면 너를 어떻게 생각하실까?"

딸은 정말 담임선생님의 허락을 받아왔다. 선생님도 교사생활에 이런 일로 허락을 받으러 온 학생은 처음이라고 한다.

시험을 봐야 하는 고3학년 때도 남들은 학원 다니느라 열심이었지만 연극을 보러 남산에 가기도 하고 YMCA에서 하는 학생 디스코텍에 혼자 가서 실컷 춤을 추고 오기도 했다. 남학생과 소개팅이 있다는 날에는 데이트비용까지 주었다.

어차피 그 나이에 하고 싶은 걸 못하게 하면 부모를 속여서라도 할 것이다. 그렇다면 열어놓고 눈에 보이는 데서 놀게 하면 감시하기가 더 유리한 것이다. 가장 안전한 것은 가장 개방적인 것이다.

있는 그대로 받아주고 이야기를 들어주니 데이트한 얘기를 소상히 떠벌인다. 그러면서 혼자 판단하고 결론을 낸다. 어떤 점이 불량스럽고 어떤 점은 순진해 보인다는 등. 고등학교 3학년에 남들은 서로 반장을 안 하겠다고 하는 때다. 자기는 한 번도 반장을 안 해 봤다고 자청해서 반장을 하며 행복해 한 딸이다. 학교에서 책을 제일 많이 읽은 학생으로 뽑히기도 했다.

애들은 엄마가 공부하라고 다그치지 않아서 좋았다고 한다. 지금도 딸은 그때 엄마가 연극을 같이 봐 주고, 서점에 같이 가주고, 대학로에 같이 가서 걸었던 게 너무 고마웠다고 한다. 그래서 자기 딸한테도 그렇게 해주고 있다고.

"나도 우리 엄마 있다!"

하면서 자기 딸 앞에서 나를 안아주는 딸이 있어 그때 낳기를 정말 잘했구나 싶다.

내 삶에 행복한 순간 중에 딸이 작문시간에 '존경하는 사람'에 대해 쓰라고 했을 때 엄마를 존경한다는 글을 써 담임인 국어선생님이 그런 엄마를 뵙고 싶다고 했을 때이다.

대학을 다니는 중에도 시간이 있을 때는 음식점에 알바를 해서 필요한건 본인들이 해결했다. 최선을 다 했지만 부족한 것은 채워주었다. 이런 혹독한 훈련들이 그들의 삶에 큰 도움이 되었다고 지금은 감사해한다. 그런 훈련이 있어 지금은 어디에서든 잘 적응하고 인정받는 모양이다.

내 교육 목표는 엄마가 없이도 어디에서든 그게 새 엄마라 할지라도 잘 적응하며 잘 살아내도록 교육하는 것이다. 아무리 천재라 하더라도 적응하지 못하고 살아내지 못하면 퇴보하고 도태되는 것이다.

교사발령 받아 1년도 안되어 24살에 결혼을 하겠다고 하니 남편은 너무 서운해 했다. 오랜만에 가족이 모여 한상에 밥을 먹을까 하던 때다. 더욱이나 사윗감은 그때 직장이 없었고 사위 집안이 다른 아들의 사업보증에 풍파를 겪던 때라 썩 내키지 않아했다. 데이트비용이면 둘이서 먹고 살 수 있을 것 같다며 어차피 할 거면 지금 하겠다니 우리의 결혼 때 생각이 나서 적극 반대할 수도 없었다.

딸이 시부모를 모시고 살아야 한다는 말에 친정부모인 우리는 썩 마음이 편치 않다. 시어머니의 친정어머니까지 모신다니 깐깐한 어르신이 세 분이다. 마음 가볍진 않을 것이었다.

"엄마! 내가 주변사람들의 고부간에 갈등을 자세히 보니 모든 게 경제문제더라고. 나는 내 월급을 통째로 시어머님께 드리고 용돈을 받아쓰기로 했어. 그러면 어머님이 살림을 도맡아 하실 거고 그 책임 감도 보람도 느끼시지 않겠어? 살림을 헤프게 하시는 분도 아니고."

신혼집은 가구도 들어가지 못하는 작은 집이다. 어르신들을 모셔야 해서 변두리로 넓혀 이사를 했다. 이런 며느리를 어느 시부모가 미워하겠는가? 딸은 행복하다는데 남편은 딸을 볼 때마다 가슴이 애잔하다고 한다.

우리는 홀로 떠나야 한다

박소담

혼자라는 건
태어난 그 순간부터
신이 선택해준 운명이니
우리는 홀로 떠나야 한다

바람을 타고 구름을 타고
떠나야 할 꿈동산이 어딘지 모르는
어둠의 미로라 할지라도
우리는 홀로 떠나야 한다

풀잎에 맺힌 아침이슬이
찬란한 햇살로 하늘에 올라
어디론가 사라져가듯
우리는 홀로 떠나야 한다

내가 사랑하는 모든 이와
나를 사랑하는 모든 이에
만남과 이별의 진정한 의미를 가슴에 새기며
우리는 홀로 떠나야 한다

홀로 태어났다는 건
홀로 떠나야 함을 의미하는 것
꽃잎 사이로 스치는 바람처럼
조용한 입맞춤으로
우리는 홀로 떠날 줄 아는
이별의 완숙함을 배워야 한다

암은
사람보다 지능적이다

"약을 바꾸어야 하겠는데요."

그는 모니터를 보며 피곤한 듯 말했다. 의사도 좋은 직업은 아닌 것 같다. 날마다 환자들의 고통을 들어야 하고, 나빠지는 환자들을 대할 때면 얼마나 마음이 착잡하겠는가. 오 개월 동안의 항암은, 처음엔 줄어들더니 다음은 멈추었다. 그리고 다시 번졌다. 그동안 썼던 약은 더 이상 효과가 없다는 것이다.

남편은 조금씩 지쳐갔다. 부작용이야 각오한 것이지만 약발이 받지 않으니 계속해야 할지 중단해야 할지 갈등이다. 그만두면 뻔하고 계속 한다 해도 결과는 마찬가지다.

"담도암은 약이 많질 않아요. 바꿀 약은 신장에 부작용이 있을 수 있어요."

"다른 방법은 없나요?"

지금 상태로는 대안이 없단다. 좀 더 생각해 보겠다고 여운을 두고 집으로 왔다. 눈앞에 안개가 자욱하다. 차를 운전하는데 블랙홀에 빠져들어 가는 느낌이다.

피검사의 수치들이 떨어지고 있다. 빈혈이 생기고 소화불량, 변비 등이 연속된다. 약이 한 보따리다. 형님 동생처럼 지내던 최원장을 찾아갔다. 항암을 해야 할지 말아야 할지 혼자서 결정하기가 망설여져서다. 남편은 그만두고 싶어 했다. 최원장은, 최선을 다 해봐야지 않겠느냐며 지금 그만두면 걷잡을 수 없다고 했다. 영양주사를 놔 주었다. 다시 항암을 시작했다.

내 손으로 그의 수의를 만들고 싶었다. 인터넷을 뒤져 수의 만드는 책을 샀다. 생각보다 복잡했다. 집안에 경사가 있을 때마다 다니던 동대문에 있는 단골 한복집에 갔다. 두 애들 결혼할 때도 이 집에서 한복을 했다. 남편 회갑 때도 내가 이 가게에 와서 두루마기까지 한복을 해 주었다. 그동안 변변하게 입을 한복이 없기도 했고, 손자들이 자라니 명절에 세배를 받을 때 한복을 입는 게 좋아 보여서 였다.

한복집은 어머니가 연로하시어 대를 이어 곱상하게 생긴 아들이 하고 있었다.

"마지막 잔치옷을 준비하려고요. 부드럽고 고운 천으로요."

주인은 눈치가 빨랐다. 명주로 된 천을 내 놓았다.

남편은 감촉이 부드러운 것을 좋아했다. 장례식장에서 삼배로 된 수의를 입히고 싶지 않았다. 평소에도 까끌한 것을 싫어해 이불 홑청에도 풀을 하지 않았다. 내내 고생하던 남편에게 마지막 옷은 값만 비싼 것이 아니라 부드럽고 고운 옷을 입히고 싶었다.

남편은 평소에도 무채색을 싫어했다. 그이는 옥색으로, 나는 분홍색으로 골랐다. 둘이서 수의를 맞추었다. 직접 만들고 싶었는데 전문가에게 맡기는 게 좋을 듯 싶었다. 수의를 맞추고 나니 그이와 나는 오히려 홀가분했다. 떠날 때 마음에 드는 옷을 스스로 선택할 수 있어 감사했다.

이빨이 고민이다

박소담

앞니 두 개나 빠졌다
치과에 갔더니 임시로 앞니를 해주면서
2주 지나야 정식 이를 낄 수 있단다

2주 후에 갔어야 했는데 가지 않았다
담당의사가 내 남은 삶의 길이를
석 자 아니면 여섯 자라고
아무렇지도 않게 알려주는데
이를 해 박아야 얼마나 쓸 것인가

이빨은 한동안
내 가슴에 묻어 놓고

이번 주에 담당 의사가 앞으로 태양빛을
얼마나 더 바라볼 수 있는가를 알려 주거든
치과를 다시 찾아야 할지 그때 결정해야겠다

몸에 면역력이 없어서인지 남편의 이에 문제가 생겼다.

평소 다니던 치과에 가니 이 뿌리가 나빠져 빼고 갈아 끼워야 한다고 한다. 3개에 문제가 있었다. 남편은 망설였다.

"이를 새로 해 끼고 얼마나 더 살지 모르는데 해야 할 필요가 뭐있어 그냥 살지."

"이는 과부 땡빚을 내서라도 해야 한대요."

혼자는 가지 않을 것 같아 나도 이를 치료해야 한다며 치과에 같이 다녔다. 치과는 하루 이틀에 끝나는 작업이 아니다. 그렇다고 아픈 이로 음식을 먹을 때마다 고통스러워하게 놔두는 것은 너무 서러울 것 같았다.

누구에게나 시간은 공평하다. 봄이 왔다. 사람을 사 농장 일을 했다. 그래도 남편이 있어 남자일꾼들을 일시키는 게 수월하다. 대부도에 땅을 비워 주어야 해서 일꾼을 많이 써야 했다. 남편이 옆에 있는 것만으로도 든든하다. 그는 자기 있을 때 마무리를 잘 해주려는 듯 업자들을 불러 나무를 팔기도 하고, 같이 가 납품도 도왔다.

"내가 있을 때 정리를 해주고 가야 당신이 수월할 거야."

부모님이 안 계시는 친정집은 비어 있다. 아들 셋에게 집과 논밭을 나누어 주었지만 지킨 놈은 없다. 이 집터도 남에게 넘어갈 위기에 있어 내가 산 것이다. 조상이 살던 곳, 우리가 태어나고 자라던 터다. 폐허가 된 집을 헐고 터를 정리했다. 남편은 이곳에 황토 집을 짓고 싶어 했다.

　동네 가운데라 노인들만 사는 이 마을에 오가며 보라고 꽃나무를 심었다. 봄에서부터 가을까지 꽃이 핀다. 수익성에 상관없이 백일 동안 꽃이 피는 목백일홍을 심었다. 나무를 간벌해 주어야 하는데 마침 살 사람이 있어 남편과 같이 작업을 했다.

　이 터를 정리하느라 몇 년을 고생한 일들이 주마등처럼 지나간다. 더 나이 들면 이곳에다 집을 지어 형제들과 함께 노후를 지내고 싶다는 계획이었다.

　그때 정원을 꾸미기위해 많은 나무들과 야생화들도 심었다. 둘이서 이곳까지 오가며 가꾸었다. 힘들었지만 희망차던 때다. 이제는 그 계획들이 허공에 떠있다. 그가 건강할 땐 일은 안하고 돌아다닌다고 짜증을 부렸는데 이제는 옆에만 있어 주어도 고맙다. 욕심과 기대를 내려놓으면 산다는 게 감사할 일만 있는 것 같다.

　부모님 산소에 가서 큰절을 했다.

　"장인 장모님, 이게 마지막 절인 듯 싶습니다. 좀 더 잘 해드리지 못한 거 용서하세요."

　오랫동안 엎드려 있는 모습이 가슴 찡하다. 둘은 말없이 눈물을 흘린다. 칠 남매의 맏사위 노릇 하느라 참 애도 많이 썼다. 자존심 강한 어머니는 번듯한 사위를 얻어 자랑도 하고 싶어 했고, 동생 여섯의 본

보기가 되기를 바라셨다.

그런 기대에 흡족하지 않아 어머니의 냉대로 설움이 많았던 사위다. 사위 셋을 더 얻고 나서야 큰사위를 가장 높이 인정해준 부모님의 묘. 어린 처남 처제들에게 자상한 매형 형부였다. 동네에서 가장 먼저 텔레비전이나 전화 등의 가전제품을 사드린 것도 그이다. 그러면서도 잘해드리지 못해 항상 죄스러워했다.

풀이 무성하던 산소를 사람을 사서 정리하고 꽃나무를 심은 것도 남편이다. 산소 주변에 철쭉을 빙 둘러 심어 화사하게 꽃이 피게 했다. 이승에서의 하직인사. 그가 없더라도 정성들여 심은 철쭉들은 봄이면 이 선산을 곱게 물들일 것이다.

친정 부모님은 자식을 끔찍이 여기셨다. 어머니는 아침마다 정화수를 떠 놓고 자식들을 위해 기도하셨다. 먹을 것이 없던 시절에도 부모의 부지런함으로 배고프게 살지 않았다. 아들들을 공부시키려 매질도 어지간히 하셨지만 자식들은 기대만큼 공부를 하지 않았다.

어머니는 자식들한테 한 번도 찬밥을 먹이지 않고 항상 새로 지은 밥을 먹였다. 행동으로는 그 어느 부모도 따라가지 못할 정도로 정성을 들였다. 하지만 나는 그런 부모에게도 한 가지 불만이 있었다. 일곱이나 되는 자식들을 나무랄 때 입에 달고 다니는 욕이었다.

"저 망할 놈. 에잇! 빌어먹을 놈. 썩을 놈."

그 시절 부모들은 왜 그리 자식들에게 허다한 욕을 했는지. 나는 그 소리가 듣기 싫어 귀를 막곤 했다. 말이 씨가 된다는 속담이 정말 그렇다는 걸 수십 년이 지난 후에야 실감했다. 부모가 자식을 축복해

주어도 힘들 삶인데 빌어먹고 망하라는 저주의 씨앗을 날이면 날마다 뿌렸다. 부모도 그때는 결과에 대한 예상은 못하셨겠지만 그렇게 정성들인 아들들이 가장 중요한 중년에 가서 망하고 빌어먹을 형편이 되었다. 부모가 남겨준 유산을 지킨 놈이 없었다.

삼천 년 전에 무덤에서 나온 씨앗이 온도와 습도가 맞으니 싹을 틔웠다는 얘기가 있다. 무심코 떨어진 씨앗도 언젠가는 뿌린 대로 싹이 나온다. 아무렇게나 키운 사촌들에 비해 유달리 잘 키우려고 노력했지만 입에 기도처럼 저주를 내뱉은 부모의 자식들이 힘들게 된 것이 모두 그 말씨 때문임을 지금에야 깨닫게 되었다. 아무리 화가 나더라도 입에서 나오는 말은 축복의 말을 해야 한다. 친정 부모님을 생각할 때마다 그게 안타깝다.

어머니는 허리분리증이 있는데 치료를 받지 못해 고생하셨다. 의료보험제도가 없던 시절에 돈이 든다며 치료를 거부하셨다. 아버님이 돌아가시자 홀가분하게 입원하여 수술을 하자고 했지만 아버지의 1년 탈상도 안하고 혼자 살겠다고 수술을 하겠냐며 입원실에서 도망 나오셨다. 자신의 몸을 건강하게 돌보아야 하는 것은 자신에 대한 의무이고 도리이기도 하다. 자신은 돌보지 않고 오직 남편, 자식만 위해 뼈가 으스러지게 일하시던 어머니는 치료를 할 수 없을 지경이 되어 걸음을 걷지 못하셨다. 결국 걱정을 더 만든 것이다. 남편은 무조건 어머니를 모시고 올라왔다. 여러 병원에 검사를 했지만 어렵다고 했다.

어느 병원에서 50%의 가망성이 있다는 말에 희망을 걸고 수술을 시켰다. 당뇨가 심해 회복이 되지 않았다. 칠순에 입던 한복으로 수의를 대신하고 화장을 해 사람이 많이 다니는 공원에 뿌려 달라고 하셨다. 세상을 마음대로 다니지 못한 게 한이라고 하셨다. 그러나 자식들은 어머니 뜻대로 해드리지 않았다.

"내 제사 때는 며느리만 힘들게 하지 말고, 칠 남매가 서로 만나기 좋은 중간쯤인 뷔페식당에서 모여 '오늘이 어머니 제삿날이다' 하고 서로 안부를 묻고 각자 밥값을 내고 헤어져라."

당시에는 웃었지만 참으로 옳은 말씀이다. 딸들은 어머니의 취지를 이해하기에 그즈음에 같이 모여 여행을 하기로 한다. 제사의 깊은 의미는 돌아가신 분을 잊지 않고 형제간에 화합하기를 바라는 것이라는 생각에서다.

어머니는 아버지 옆에 모셨다. 산소에 올 때마다 어머니의 부탁을 들어드리지 못한 게 죄스럽다. 과연 누구를 위한 무덤인가?

남편은 본인 때문에 장모님이 더 일찍 돌아가신 게 아닌가 하는 자책감으로 한동안 마음을 잡지 못했다. 그러나 삶과 죽음은 우리가 선택해야 하는 몫이 아니다.

밤과 낮이 하루이듯 삶과 죽음도 내 생명 중에 같이 연결되어 있다. 태어나는 순간 죽음을 향해 삶과 죽음이 어깨동무를 하고 나란히 걸어가는 것이다. 가장 친한 친구이고 동반자다. 결코 나를 배신할 수 없는 짝이다. 그러나 많은 사람들이 죽음의 친구를 내치고 싶어 한다. 그는 아무도 환영하지 않지만 끝까지 함께하는 의리 있는 친구다.

완주 편백나무 숲에도 갔다. 그곳에서 지냈던 가을은 아련한 그리움으로 내 추억의 앨범에서 이따금씩 나를 행복하게 할 것이다. 그해 가을 내장산의 단풍은 어찌 그리 곱던지. 유달리 화려하게 보이는 것은 내 마음이 암울해서던가. 옆에 있는 남편이 다음에 올 때는 없을 것이라는 서러움에서였는지 내가 보아온 어느 해의 단풍보다 고왔다.

심포항에 갔다. 언젠가 왔던 바닷가는 예전 같지는 않았다. 바다가 죽어있었다. 새만금공사로 갯벌들이 죽어가 황폐화 되어 썰렁했다. 그렇게 활기차던 항구가 유령화 되어가는 게 안타까웠다. 누구를 위한 공사였을까 생각해본다. 여기에 삶의 터전을 가졌던 사람들은 어디에도 정착하지 못하고 떠돌이가 되었다. 조개며 바지락들이 무진장하게 나오던 갯벌은 이제 껍데기만 나뒹굴고 휑하다. 많이 살아야 100년. 철들어 옳은 정신으로 사는 기간이 50년인데 인간이 이렇게 자연을 망가뜨려도 되는지 누군가에게 묻고 싶다.

남편은, 바다도 본인도 건강했을 때 이곳에 왔던 지난 추억을 더듬어 확인하고 싶었나 보다. 우리가 같이 했던 시간들을. 되돌릴 수만 있으면 그때로 돌리고 싶은 심정이었을 것이다.

대구에 있는 아들한테 전화를 받은 건 그때다. 간암 투병 중이던 사돈어른이 돌아가셨다는 연락이다.

동갑인 사돈이 암이라고 할 때 남편이 제일 많이 걱정했다. 자식이 있다고 하지만 아내만 하겠는가? 몇 년 전에 암으로 아내를 먼저 보내고 혼자 지내던 사돈이 남편보다 1년 늦게 간암 판정을 받았다.

그분은 더 이상 살고 싶은 의욕이 없어 항암을 거부했다. 남편도 만일 내가 없다면 더 살고 싶다는 의욕이 없어 항암을 포기했을 것이라고 했다. 내 곁에 조금이라도 더 있고 싶어 힘든 항암을 견딜힘이 난다고. 남편보다 늦게 발견되었는데 먼저 갔다.

아내와 사별 후에 외롭게 혼자 지내는 여자와 얼마동안 동거를 했다. 그러나 같이 살 때는 모르지만 헤어지고 나서 보면 조강지처만한 여자는 없다. 쌀겨를 같이 나누어먹을 때의 가난을 같이하고 산전수전을 같이 헤쳐 온 아내와, 고생 안 하고 편하게 해 놓은 밥을 먹으려고 들어오는 여자와는 같을 수가 없다.

아내 살아있을 때 수전노 노릇을 하던 남자도 아내가 죽고 나면 엉뚱한 여자한테 선심을 쓰는 것을 보면 참 어리석다는 생각이 든다. 사돈어른은 아내와는 영 다른 이 여자를 병이 나면서 정리를 했다고 한다. 나중에 자식들한테 누가 되지 않게 하려는 배려였을 것이다.

며느리는 아버님도 힘드시니 오시지 않아도 괜찮다고 했지만 남편은 가겠다고 했다. 가서 마지막 인사를 해야 한다는 것이다.

김제에서 안동까지의 밤 운전은 힘들었다. 여러 구간의 고속도로를 거쳐야 하기에 더 긴장되었다. 그가 건강할 때는 내게 차를 맡기지 않았다. 지금 그는 내게 홀로서기 연습을 시키고 있다. 앞으로는 당신이 해야 하니 모든 것을 당신이 알아서 하라는 식이다.

안동의 장례 문화는 다르다. 전통적인 풍습이 남아있어 보기 어려운 모습들도 있다. 아들은 옛날 초상 치를 때 입던 삼배로 만든 상복을 입고 문상객을 맞는다. 사돈끼리 만나서 술 한잔 하자고 말로만 했지 그러지 못했던 게 아쉽다. 상복을 입은 며느리의 모습이 마음 아프다. 며느리 나이 고작 24세, 아들 27세. 철없이 멋모르고 결혼했다. 전통과 위계질서를 중히 여기는 그쪽 어르신들이 작은집 손녀딸이 결혼 날짜를 잡았다는데, 장손인 큰집의 손녀딸을 먼저 보내야 하는 게 순서라고 야단을 치니 부랴부랴 두 달 만에 결혼식을 하게 된 것이다.

둘을 앉혀놓고 당부했다.

"처가일은 아들이 먼저 하고, 시집일은 며느리가 챙겨라. 양쪽 부모님께 무엇이든 똑같이 해야 한다. 너희들 둘이 사랑으로 묶여지면 자식들은 저절로 잘 자란다. 출세나 돈을 쫓아가지 말고 하루하루를 행복하게 살려무나."

"나는 네가 아내로서 엄마로서 며느리로 살기보다는 한 인간으로 충실하게 살기를 바란다."

며느리가 그 말의 의미를 잘 받아들였는지는 모르겠지만 한 인간으로써 도리를 다 하고 당당하게 살아간다면 모든 것도 잘해내리라는 생각이다. 아들이 직장이 안정되지 못해 신혼부터 마음고생이 많았을 며느리를 생각하면 고맙고 대견스럽다. 그 와중에 친정어머니가 암 투병을 하게 되자 맏딸의 고생이 얼마나 더 많았을까. 도움이 되어주지도 못했다. 손자라도 봐 줄 양이면 낮에는 잘 놀던 녀석이 밤에는 엄마한테 간다며 울어댄다.

5년간의 투병생활 끝에 며느리의 친정어머니는 막내딸을 결혼시키고 의무를 다 했다고 안심했던지 세상을 떠났다. 그러다가 안정이 될 쯤에 이번에는 시아버지, 친정아버지 두 분이 암 투병을 하게 되니 얼마나 힘겨웠을까 싶다. 시집온 지 20일 만에 나의 시어머님이 돌아가시어 상복을 입은 며느리가 안쓰러웠다.

"우리 둘이는 이제 고아로구나."

"네, 어머니."

나는 며느리를 꼬옥 안아주었다. 이제는 친정어머니 역할까지 해주어야지 했다.

두 분의 사돈이 1년 사이에 먼저 가 저승에 자리를 잡고 있으니 셋이서 만나면 그동안 못했던 술자리도 실컷 가질 수 있다는 그의 농담에,

"그곳에서도 심심하지는 않겠네." 했다. 죽어서 부조금 낼 돈으로 살아서 막걸리나 사 달라고 조영남 씨가 그랬다던가. 그럴걸 그랬다. 이제는 죽은 후에 효자가 되지 말고 살아있을 때 물 한 그릇이라도 주며 살아야겠다.

형편도 여의치 않은 사람이 리무진으로 관을 운구하는 것을 볼 때면 돌아가신 분이 살아생전에 택시라도 편하게 탔을까 하는 의문이 든다. 모두가 자식들의 허세고 남에게 보이기 위한 이벤트이지 않은가 하는 생각이 들어 씁쓸하다.

발인을 보고 김제로 오는 길에 순천을 들렀다. 한참을 돌아오는 거리였지만 내친김에 막내 동생 제부가 있는 곳에 들르기로 했다.

사업한다고 벌렸다 IMF 때 거덜이나 신용불량으로 몰려 집안이 풍지풍파를 겪었다. 그리고선 혼자 고향에 내려와 두문불출하다시피 지내고 있는 게 한참이다. 큰소리치던 젊은 날의 패기는 도망가고 중년의 패잔병 모습이다. 가족은 부천에서 두 아이가 대학을 다닌다. 동생이 직장에 다니며 생계를 꾸리지만 가장은 도움을 주지 못하고 있다. 서로 힘든 삶이다. 큰소리치던 사람이 이처럼 무너지다 보니 사람들 앞에 나타나질 않아 더욱 보기 어려웠다. 직장 때문에 내 집에 같이 있던 막내 여동생이 23살 때. 너무 남자다워 끌린 이 남자. 이 남자는 동생의 여자다움에 끌려 결혼하겠다고 나설 때 부모님은 허락하지 않으셨다. 아직 어리고 그 위에 오빠들이 미혼이었다. 둘이는 하

겠다고 우기니 내가 결혼식을 치러주었다. 아마도 동생은 언니 집에서 빨리 탈출하고 싶었나보다. 그러나 공주처럼 살 것 같은 꿈이 깨졌을 때 동생은 많이 힘들어 했다. 더욱이나 그렇게 매력으로 끌리던 남자다움이 결혼생활에 전혀 도움이 되지 못했다. 가정경제가 파탄이 날 지경이 되자 남편 대신 동생이 가장이 되어야했다. 혼자서 아들 둘을 대학에 보내고 있으니 그 어려움이 오죽했을까.

이러다 보니 순천 고향에 혼자 내려와 있는 제부와는 만난 지도 오래다. 이번 기회에 보지 않으면 영영 볼 수 없을 것이다. 용기를 내라며 다독여 주고 돌아서니 마음이 후련하다. 항상 목에 걸려 있었다. 크게 도움도 돼 주지 못해서다. 남편은 맏사위로서의 책임감 때문에 모든 게 자기 잘못인 듯 자책한다. 지금은 모든 사람이 남편을 걱정해야 하는 처지인데도.

지리산에 갔다. 인터넷에서 지리산 어디가 공기 맑고 좋다는 걸 보았는지 지리산을 가고 싶어 했다. 노을 진 산비탈에서 텃밭을 가꾸는 우리 또래 부부의 모습이 부러워 보인다. 한때는 우리도 다른 사람이 부러워하는 대상이기도 했다. 그때는 일하며 힘들고 지쳐 별일 아닌 걸로도 언성을 높이고 자기만 힘들다고 주장했다. 멀리서 보면 그 자체가 아름다운 풍경일 것이지만 내가 부딪쳐 겪는 일은 아름답게 느껴지지 않는다. 그렇게 느끼기까지는 얼마나 많은 것을 잃고 내려놔야 하는지. 천국을 만드는 자는 천국을 보지 못하는 것이다.

산 넘어 잠자러 가는 해의 모습이 너무 아름다워 둘이는 망연하게 쳐다 본다. 우리의 노후가 저처럼 아름답기를 얼마나 바랐던가? 어둠

속으로 묻으러 가는 해의 얼굴처럼 죽음으로 향하는 우리의 모습이 저 모습이었으면. 뜨거운 한낮의 빛은 너무 열정적이라 편안해 보이질 않는다. 똑바로 쳐다보면 눈이 감긴다. 석양빛이 아름다운 건 빛의 시간이 끝나 감을 알고 어둠을 받아들여야 함을 아는 원숙함 때문이 아닐까하는 묵상을 해본다. 남편도 지그시 눈을 감고 있다. 둘 사이의 침묵이 어떤 내용인지 설명은 필요 없다.

차로 여기저기 돌아다니다 결국 모텔에 들어갔다. 이곳 저곳 여행을 다니면서도 모텔은 잘 안 들어간다. 사우나나 텐트나 차 안에서 자는 일이 많았다. 어쩌면 둘이서의 이런 외박은 마지막이 될 것 같다는 생각이 들었다. 내일에 희망을 가질 수 없다는 것. 오직 지금 이순간이 마지막이라고 생각하면 이 얼마나 소중한 순간인가? 알 수 없는 내일을 위해 오늘 쓸 수 있는 현금 같은 시간들을 지금껏 얼마나 휴지처럼 버려왔던가? 그를 내 품에 안고 아기를 재우듯 다독여주었다.

조금은 떨리는 목소리로 말한다.

"모두가 한 번은 죽어야 한다는 것은 알아……. 당연히 나도. 그런데 두려워."

나는 그를 더욱 꼬옥 안아주었다.

누구나 처음 가는 길. 아무도 가보지 않은 길. 혼자서 가야 하는 길. 어디인지도 어떻게 생겼는지도 모르는 곳에 간다는 게 두렵고 불안할 것이다. 담담하게 준비를 하는 것 같아도 그의 가슴 깊은 곳에 어찌 두려움이 없을까? 보내야 하는 나도 이처럼 두려운데.

"저세상으로 여행을 간다고 생각해봐. 내가 영혼에 대한 책을 많이 읽어봤는데 이곳보다 비교할 수 없이 아름답데. 육체가 없으니까 더 자유롭고. 혼자 가는 여행이라 외롭긴 하겠지만 호기심 많은 당신은 잘 적응할 거야."

"그러겠지?"

"또 알아? 그곳에서 정말 이상적인 여자를 만나 오길 잘했구나! 할지. 내 눈치 볼 일도 없으니 더 신날지."

"그런가?"

"나같이 재미없는 여자와 살았으니 그곳에서는 아주 멋진 여자를 만날 거야. 그러면 내 생각도 안 나겠지? 내가 허락해 줄게."

"그야말로 자유로운 영혼이구먼."

"아버지 돌아가시고 나서 엄마가 그러시던데. 네 아버지는 저승에서 옛 애인을 만났으니 걱정 안 해도 된다고요. 꿈에 같이 있는 걸 보았다나요. 아버지 제사상 차릴 때 저승 친구상도 차려 주었어요."

"그럴 줄 알았으면 일찍 죽는 애인을 하나 만들 걸."

"아예 거기서 새로 사귀는 게 더 나을 걸요. 당신이 있는 곳이면 수준이 비슷한 여잘 거 아녜요? 거기까지 가서 대화가 안 통하는 여자를 만나면 도망갈 수도 없고 그렇다고 죽을 수도 없을 텐데."

"당신은 혼자 살다가 오는 게 좋을 것 같아."

다른 남자에게 한눈팔지 말라는 의미다. 나는 웃었다. 평소에 애들한테 내가 먼저 죽으면 100일 안에 아버지를 좋은 여자와 결혼시키라고 말했다. 외로움을 많이 타는 네 아버지는 혼자 있으면 너희들이 힘들 거라고. 그러나 남편은 죽어서도 내가 다른 남자를 쳐다보는 게 싫은 모양이다.

농장엔 꽃들이 흐드러지게 피었지만 내 머리는 온통 그이 생각뿐이다. 일은 가능하면 일꾼을 샀다. 빨리 끝내고 남편과 같이 지내야 해서다. 그렇다고 농장을 제쳐놓으면 더 힘들어지고 일손이 든다.

그의 얼굴에서 죽음의 그림자가 보인다. 옷을 샀다. 남편은 내게 색깔이 고운 진분홍색 옷과 그 옷에 맞는 가방도 사주었다. 참 예쁘다며 흐뭇하게 바라보았다. 비싼 명품은 아니었다. 하지만 그것만으로도 좋았다.

우리는 서로 상대의 옷을 골랐다. 여름옷이다. 그래도 이 여름엔 입을 수 있겠지. 둘은 옷에 신경 쓰는 사람은 아니었지만 새 옷을 입히고 싶다.

남편은 사지 않겠다고 한다. 오래 입지도 못할 건데 돈만 낭비란다. 그러나 나는 지금 이 순간 그의 옷을 사주며 기쁨을 나누고 싶다. 이젠 옷을 사줄 기회가 없지 않은가. 결국 그 옷은 다 입지 못했지만 사주기를 잘 했다. 그 순간은 행복했으니까.

그가 사준 옷을 입고 친정 첫째 남동생네 둘째 딸 결혼식에 갔다. 전주까지 내려가기는 조금 힘들 것 같았다. 장남인 동생이다. 장남이 우선이던 시절 이 동생을 공부시키려고 아버지는 고생고생 하셨다. 장남이 잘 되어야 그 밑에 있는 동생들을 이끌어 간다는 부모님의 계산을 산산이 조각낸 동생이다.

중학교에 떨어져 학원이 흔하지 않던 시절 초등학교를 7년 다녔다. 졸업하고 6학년을 한 번 더 다닌 것이다. 겨우 중급의 중학에 합격했을 때 아버지는 동네잔치를 벌였다.

그러나 6개월쯤 지났을 때 학교에서 퇴학통지서가 날라 왔다. 분명히 학교 가기 싫어하는 동생의 책가방을 들어다주며 교문 앞까지 내가 확인했는데 학교를 무단결석했다는 것이다. 공부하기 싫어하는 아들에게 아버지는 교훈을 주기위해 쌀 반 가마니를 들고 아들을 데리고 나섰다. 전주에 있는 장롱을 만드는 공장 주인한테 부탁했다.

"이놈이 공부를 하기 싫어하니 고생 좀 짠짠히 시키시오. 그렇게 고생하다 보면 부모 밑에서 공부하는 게 얼마나 편한지 알게 되겠지요."

6개월 후에 이제는 정신을 차렸겠지 싶어 데리러 갔지만 공부보다는 그 고생을 하겠다고 하니 포기할 수밖에 없는 아버지는 또 쌀 반 가마니를 가져다주었다. 쌀이 귀하던 때다. 동생의 소질은 공부가 아니고 그쪽이었다. 그 계통에는 기술을 인정받아 주인이 군대를 면제해주게 할 테니 그 기간 동안 자기 공장에서 일하게 해 달라고 아버지께 부탁했지만 아버지는 거절하셨다.

"그놈은 성질이 지랄 같아 군대를 다녀와야 혀요."

그런 동생이 그 기술로 중동에 나가 부모님께 편지를 했다.

―아버지 그때 나를 죽여서라도 공부를 시키시지 그랬어요. 나더러 팀장을 맡으라는데 제가 글이 짧아서 할 수가 없었어요.―

이제는 지방에서 알아주는 인테리어 사장이다. 일을 꼼꼼하게 잘 해주고 밑바닥부터 배운 목수라서 남들이 못하는 일을 할 수 있기 때문이다. 지금은 그런 목수가 없어 더 인기가 좋다.

"누나, 그래도 나는 내가 스스로 노후를 준비한 사람이여. 내가 공부를 잘 했어도 겨우 면서기나 했겠지. 지금 펜대 잡은 사람들 퇴직하고 갈데없어 양복 입고 산이나 낚시터에 어슬렁거리는 사람 많아. 그래도 나는 몸만 건강하면 죽을 때까지 일할 수 있어. 요즘은 일당도 괜찮고."

아들 셋 중에 공부한 두 아들은 부모의 기대와는 달리 아들노릇
도 못하고 살지만 속 썩이던 이 아들이 부모에게 효자노릇을 했다.
옛날부터 꼬부라진 소나무가 선산을 지킨다더니 그 말이 그냥 생긴
건 아니다.

남편은 친척들을 볼 수 있는 게 마지막일 거라며 같이 내려갔다. 사
람들한테는 지금 어려운 상태라는 내색은 안했다. 좋아 보인다는 인
사를 받으며 웃었다. 그이가 사준 진분홍색의 옷을 호들갑을 떨며 일
부러 자랑했다. 남편을 기분 좋게 하려는 속셈이다. 동생들도 내 말에
맞장구를 쳤다. 서로 암묵적으로 가지는 불안 속의 평화다.

잔치를 치르는 큰올케의 얼굴이 야위어 보였지만 잔치 때문이려니
했다. 맏며느리 노릇하랴 직장에 다니랴 힘들겠지. 노처녀가 된 둘째
딸 때문에 고심하더니 이제야 좋은 사윗감을 얻어 마음고생 내려놓
으려니 했다.

이참에 새로 집을 사서 이사한 여동생집도 들렀다. 위로 오빠가 둘
인 차례로는 세 번째 동생이다. 이 동생을 생각하면 가슴이 짠하다.
아들 위주의 시절에 이 동생은 언제, 무엇을 하고, 어떻게 자랐는지,
부모도 형제도 관심이 없었다.

바로 위의 오빠가 생사를 가름 하는 병치레를 하는 동안 임신이 되
어 어머니는 몇 번인가 유산을 시도했다. 잘 듣는다는 비방을 다 썼
지만 실패하고 낳은 딸이다. 그러니 나오면서부터 천덕꾸러기 신세다.
혼자 알아서 엎어지고 기고 걸었다. 어느 날 보니 걸어 다니더라는 게

어머니의 회고담이다. 거기에다 밑에 여동생은 욕심도 많고, 일도 잘하고, 애교가 많아 부모님의 관심을 독차지했다.

사랑과 관심을 받지 못하여 가출했다. 여러 가내공장을 전전하다 자기한테 관심을 가지는 띠 동갑의 남자와 눈이 맞았다. 그야말로 줄줄이 딸린 동생들과 푼수 없는 시어머니와 남의 터에 오두막이 전부인 이 남자와 결혼하겠다고 하던 때가 20세다.

이리역 광장에서 그 남자는 장모될 사람한테 뺨을 맞았다. 나로 인해 쌓였던 화를 동생의 남자 친구에게 화풀이를 한 격이다. 철없는 어린 딸을 꼬드겼다는 다그침이었다. 남녀 간의 인연은 부모의 역정과는 반비례한다.

나도 이 동생한테 빚진 게 있다. 딸이 돌이 되기 전 남편의 월급으로는 생활이 안 되어 가게를 벌였다. 동생이 어린 딸애를 키운 것이다. 남편이 회사에 특채되어 박봉의 공무원을 정리하고 삼척에 내려갔을 때 집에서 쫓겨나 찾아왔었다. 내가 해줄 수 있는 돈이 없었다. 결혼예물로 받은 금목걸이를 풀어주었다. 그러다보니 결혼반지나 예물이 하나도 남아있지 않다.

동생이 결혼식을 한다고 했을 때도 나는 삼척에 있었다. 계산해 보니 오고가는 차비를 버리느니 그 값으로 부조를 더 하는 게 나을 성 싶었다. 내가 없다고 결혼이 안 되는 것도 아니고. 동생은 그 돈으로 남의 집터였던 땅을 사 그동안 살아오다 지금 큰집을 사서 이사 온 것이다.

일정한 직업이 없는 남편을 대신해 평생 동안 돈을 벌어 자식 셋을 가르치고 집안을 일군 동생을 어머니는 자랑스러워하셨다. 친정어머니가 왔다는 소리에 온 동네사람들이 다 모여 친정어머니 구경을 왔더라는 것이다. '이처럼 훌륭한 딸을 키운 어머니의 얼굴을 보고 싶다'라고 동네사람들이 말하는 걸 보면 동생의 삶이 어떠했으리라 짐작이 간다.

동생은 음식솜씨를 인정받아 지역의 유지로 지금도 일터에 나간다. 이런 동생이 멋진 집을 사서 이사를 했다니 가슴이 가득 채워지는 느낌이다. 남편도 엄청 기뻐했다. 할 수 있는 인사는 다했다.

그 와중에 멀리 이사 간 대자(성당에서 영세 받을 때 맺은 영적 아들)가 딸 결혼식을 한다고 청첩을 보내왔다. 꼭 가지 않고 축의금만 보내도 될 일이다. 남편은 다시는 볼 기회가 없다며 힘든 몸으로 결혼식에 참석했다. 재혼한 대자가 새 여자와 어려운 고비를 넘기고 가정에 안정을 찾아가고 있는 게 안심이 되었던지 대자 부부를 한꺼번에 안아주었다.

"행복하게 잘 살아."

그들은 그 말뜻을 나중에야 헤아릴 것이다.

시집에 형제들은 두 달에 한 번씩 모여 식사를 같이 하고 안부를 묻는다. 그는 주변 사람에게 자기의 상황을 말하지 않았다. 괜히 걱정하게 하고 싶지 않아서다. 걱정한다고 해결되는 것도 아니고 형님도 암환자다. 가능하면 빠지지 않고 형제들을 만났다. 주어진 순간순간에 충실 하는 것. 그게 후회 없이 떠나는 준비일 것이다.

7남매의 모임은 예전 같지 않다. 듬성듬성 이빨이 빠져있는 느낌이다. 시동생은 혼자고, 아주버님은 대장암 수술 후에 잘 회복이 되어

가는 것 같지만 조심해야 하는 환자다.

췌장암으로 돌아가신 큰시누이를 대신해 재혼한 형님이 자리한다. 재혼해 오신 분이 돌아가신 누나보다 매형한테는 더 났다고 남편이 말한 것처럼 정말 두 분은 태어날 때부터 맞춤형처럼 이상적인 부부 모습이다.

등산 다니다 만나서 서로가 끌려 아무 조건 없이 한 집에 살게 된 두 분의 모습을 보면서 부부라는 인연은 내 의지와는 다른가 보다 했다. 내가 태어날 때 죽음과 같이 태어나듯이 내 노력과는 상관없이 인연도, 필연도, 이미 정해진 건 아닐까? 얼굴도 닮은 두 분을 보면서 많은 생각을 한다. 시누이하고 살 때는 그리 행복해 보이지 않았던 분이 지금은 오랜 친구를 만난 듯이 편안해 보인다.

몇 번의 모임 후에는 이 자리에 남편 없이 나 혼자일 것이다.

사람답게 살다가 사람답게 잘 늙어가고 사람답게 잘 죽는 것이 우리 인간이 바라는 노후이고 꿈이다. 그러나 아파트 평수를 계산하고 넓혀가려 계획하고, 저금하고, 설계하면서 필연코 맞이해야 하는 죽음을 우리 삶의 계획에 넣지 않는다. 다른 계획들은 안 이루어 질 수도 있고, 가지 못할 수도 있고, 맹세는 깨질 수도 있지만 죽음은 약속을 어기지 않는다. 그러나 모두는 나만은 예외일 거라는 착각을 하고 싶어 한다. 생각해보면 태어나면서부터 준비를 해야 하는 것인데.

남편을 통해 나를 뒤돌아본다. 나는 지금 어떤 준비를 하고 있는가?

오늘밤 나를 데리러 온다면,

"예, 저 여기 있습니다."

하고 기꺼이 대답 할 수 있는가?

잠자는 것은 죽음의 연습이라고 한다. 편안하게 잠을 청할 수 있게 하루를 아름답게 마무리 했는가? 가슴 깊은 곳에 무언가 얹히는 게 있다. 아직은 정화되지 못하고 썩어있는 감정의 골이다.

부모님이 모셔져 있는 산소에도 자주 찾아가 그동안 부모님에게 잘못한 것을 속죄하듯 무릎을 꿇었다. 그는 특히 아버지에 대한 가슴앓이로 오랫동안 아파했다. 모든 아들들은 아버지에 대한 기억들이 별로 아름답지 못하다.

남편도 그랬다. 자식으로서의 의무는 하려 했지만 살갑게 대하질 못했다. 어렸을 때 받은 상처들 때문이다. 갑자기 돌아가시게 되자 맺힌 한들이 떠돌아다니면서 그를 자책하게 했다.

이제는 나이가 들고 또 죽음 앞에 서니 외로워했을 아버지가 이해가 간다고 한다. 용돈을 많이 못 드린 것도 후회가 되고, 젊은 혈기에 하신 일이 뭐 있느냐고 대들었던 모든 것들이 가슴 저리게 용서를 청하고 싶다고 한다. 시어머니가 되어봐야 시어머니의 심정을 알고, 며느리가 되어 봐야 며느리의 심정을 이해한다.

사람들은 자기가 경험하고 체험하지 않은 것은 이론적으로만 이해하는 척하지만 공감하지는 못한다. 나이가 들어보니 나이 드신 부모님의 심정에 공감이 가고, 혈기 왕성할 때 이처럼 늙는다는 것이 아주 먼 일인 것처럼 생각이 되었던 때 내 뱉은 말들이 얼마나 상처를 주었을까 후회가 된다.

좀 더 일찍 깨달았더라면. 지나고 보면 젊어서 저지른 일 중에 후회하지 않은 일들이 몇이나 있을까?

약을 바꾸고 나서도 처음엔 약간 줄어들더니 다시 번지고 있다. 비정상적인 폭력 세포. 몸속은 하루하루 암세포에 점령 당하고 있다. 더 이상 항암약이 효과가 없으니 시험약을 쓰겠냐고 의사가 물었다. 남편은 더는 항암을 하지 않겠다고 했다. 치료가 되는 게 아니고 고통을 연장하여 조금 연명하는 정도에 지나지 않는다면 차라리 안하겠다고 했다.

병원에서는 더 이상 희망이 없자 공기 좋다는 요양원에 가고 싶어 했다. 그렇다고 혼자 있게 할 수도 없고 멀리 보낼 수도 없다. 가까운 가평에 있는 암 전문 요양원을 택했다. 실버타운을 개조한 암환자 전용 요양원이다. 의사나 간호사들이 상주하고 있어 마음이 놓였다. 잣나무 숲과 계곡은 산책하고 걷기도 좋았다.

자전거와 색소폰 살림도구를 가득 싣고 입소했다. 여자들이 더 많았다. 남자들이 아프면 아내들이 간호할 수 있지만 여자들이 아프면 남자들은 힘들다. 그래서 여자들이 더 많은가 보다. 겉보기에는 모두 괜찮아 보이는데 이들도 암과 전쟁 중이다. 하기야 우리 몸속에는 하루에도 수만 개의 암세포가 생기고 죽어간다고 한다. 그러고 보면 모두가 암을 보유하고 있다는 말이다. 다만 드러나지 않았을 뿐이지 언제 드러날지는 모르는 일이다. 암환자인 남편을 돌보던 아내가 암으로 먼저 떠나는 일도 많다. 살아있는 한 어느 질병에도, 암에도 걸릴 가능성이 있는 것이다.

알고 지내던 사진작가인 정씨가 봉화에서 살다가 파주로 왔다. 한

번 놀러오라는 연락을 받고도 그동안 가지 못했다. 그 사진작가의 근황이 궁금한 것은, 그의 천부적인 예술가 기질 때문에 가정이 파탄 나고, 여러 여자와 살다 헤어지고 또 다른 여자와 살면서 항상 탈출을 꿈꾸는 남자라서다.

문제는 여자들이 좋아 따라다닌다는 것이다. 같이 살다 헤어질 때는, 있는 것 다 내 주고 빈 몸으로 나온다. 그러다 또 다른 여자한테 붙들려 살림을 차리는 사람이다.

돌고 돌아 찾아간 곳은 동화처럼 예쁘게 꾸민 작은 컨테이너 집이다. 여자들은 그 남자의 이런 아기자기한 것에 빠지나 보다. 자상하고, 다정스럽고, 눈가에 웃음을 매달고 있는 남자다. 아내 위에 군림하며 가부장적인 모습의 남편과 살면서 모든 감정을 억압당하고 살던 여자가 이런 남자들한테 빠지는 것은 어쩌면 이해가 가는 일이다.

새로운 젊은 여자와 노후를 설계한 그 남자는 산언덕에 집을 지을 거라며 터를 보여주었다. 정원을 꾸미고, 나무를 어떻게 심고, 어떤 모양의 집을 지을 것인가에 대해 부푼 희망을 떠벌렸다. 그러면서도 지금 사는 여자에게서 자유를 갈망했다. 지금 같이 사는 여자도 음식점에 다니며 이 남자를 먹여 살리는데도 이 남자는 탈출을 꿈꾸고 있다.

나이도 있고 지금 사는 여자는 좋은 여자인 듯싶으니 더 이상 방황하지 말고 잘 살라며 격려를 해주었다. 그 남자는 남편이 꺼져가는 촛불임을 모른다. 마지막으로 자기를 보러 왔음을 얘기하지 않았다.

다른 어떤 사람보다 보고 싶었다고 말하는 그 남자에게 남편이 많은걸 도와주었었다. 이제금 자리를 잡은듯하니 남편은 안심이 되나

보다. 한번 놀러 가겠다는 작별 인사를 받으며 헤어졌다.

그이가 요양원에 있으니 나는 조금 여유가 생겼다. 농장일도 해야 하지만 집안일도 할 일이 얼마나 많은가. 병원에 가는 날은 가평에서 병원으로 내가 이송해야 해서 마냥 한가하지는 않다.

방을 같이 쓰는 환자는 지금 몇 년째 살아가고 있다는 말에 남편도 희망을 가지는 것 같다. 그들은 몇 년 동안 몇 억을 썼다고 한다. 암과의 싸움도 돈이 없으면 버텨내기 힘들다.

이들은 생활전선에서 물러나 산속에서 수도하는 사람처럼 지낸다. 당연히 가족과도 떨어져 있다 보니 처음엔 관심을 가지더니 이제는 별로 신경도 안 쓴다고 불평이다. 그 비용을 대야 하는 가족의 고통과 아내의 헌신을 그들도 잊어버리는 것이다.

모든 사람은 근본적으로 이기주의자라서 자기의 위치에서 판단하고 결론을 내린다. 오랜 동안 투병생활을 하다보면 본인도 힘들지만 가족들은 더 어렵다. 웃음이 없어지고 항상 불안이 대기상태다. 경제적으로 쪼들리다보면 지치고 절망스러워진다.

CT검사 결과를 모니터로 보고 있던 의사가 비뇨기과 선생을 만나보라고 한다. 아니 담도암에 무슨 비뇨기? 비뇨기과 의사는 이것저것 눌러보고 모니터를 보더니 소변 보는 관이 작아져 그대로 놔두면 소변이 잘 안 나온다고 한다. 좁아진 곳에 관을 삽입하여 넓혀 주는 간단한 시술을 해야 한다고 했다. 그때서야 생각났다. 항암 부작용으로 신장이 나빠질 수도 있다고 하던 말. 소변이 안 나오면 그것도 큰

문제지 않는가.

의사 말을 거역할 수도 없는 일. 더 좋아질 수 있다면 간단한 시술이라니 받아야지. 일상에 지장이 없다는 의사의 말과는 달리 그이는 힘들어 했다. 피가 나오고 아프다는 것이다. 요양원에서 지내면서도 자주 병원에 갔다.

갑자기 울릉도에 가고 싶다고 해서 여행사에 예약했는데 시술한 데가 말썽을 부려 취소했다. 다른 곳은 다 가봤는데 울릉도를 못 갔다. 그때 시술을 늦추고라도 가지 못한 게 후회다. 차라리 시술을 하지 않았으면 덜 힘들었지 않나 생각이 든다.

전에 한 시술이 잘못된 것 같다며 다시 시술을 했다. 그러고 며칠이 지나 요양원에서 급한 전화가 왔다. 갑자기 혈압이 올라 조절이 안 되니 병원에 가봐야 한다고. 혈압이나 당뇨가 없는 사람이다.

밤에 사위와 같이 가 남편을 데려왔다. 사위가 아는 병원에 입원을 했다. 의사는 신장이 안 좋아 투석을 해야 할지도 모른다는 말을 했다. 그렇게 심한 것 같지는 않았다.

일산 국립암병원에 예약되어 CT와 피검사, 엑스레이를 찍는 날이다. 병원에서 예약시간을 기다리는 동안, 혈압이 오른다고 혈압 약을 한 알만 먹었으면 좋겠다고 해 약국에 갔다. 처방이 없으면 줄 수 없단다. 담당 의사도 비번이라 없다.

생각다 못해 응급실에 가면 되겠다 싶어 걸어 들어갔다. 이것저것 검사하던 간호사가 약보다 지금 급한 상태라고 입원을 해야 한단다. 이게 무슨! 신장기능이 망가져 빨리 조치를 해야 한다니.

급하다고 하니 일인실에 입원했다. 신장에 구멍을 내 소변주머니를 찼다. 문제는 엉뚱한 데서 생긴 것이다. 암이 문제가 아니고 항암 부작용으로 망가진 신장이 문제였다.

이상과 허상

박소담

따지고 보면 삶의 빈터 위에
집 한 채 마련한 후
죽음의 깃발 하나
단단히 꽂아 놓고
오순도순 산들 그만인데

꿈틀거리는 허상의 빛
저편을 넘어서려는
지나친 욕망 때문에
삶의 깃발만 꽂아 놓고
영원의 줄을 잡고 고뇌에 빠져든다

태어나면서 고통 준
모태의 産苦(산고)에도
꼬옥 쥔 손아귀엔
어차피 빈 손인 걸
아픔과 고뇌
생의 종착역 내리기 전

떨쳐 버려야지

떨쳐 버려야지

두려움이
현실로 오다

올 것이 왔다. 두려움이 현실로 내 앞에 섰다. 그이는 더 이상 항암을 받지 않겠다고 했다. 두 번째 약도 내성이 생겨 효과가 없고, 시험용 약을 써 보겠느냐는 의사의 말에도 하지 않겠다고 했다. 그동안 항암을 했지만 암과 숨바꼭질만 한 셈이다. 아는 의사들이 하지 말라고 한 이유를 알겠다. 그래도 육 개월은 더 얻었다고 생각했다. 시술 후 다인실로 옮겼다.

병원에 오기 전 비둘기 공원에서 문인들의 시화전을 보고 왔다. 그 찬란한 오월의 빛. 푸르름. 반짝이는 나뭇잎의 싱그러움. 문우들의 씽씽한 웃음. 그는 본인의 작품이 전시된 마지막 시화전을 보며 사진을 찍었다. 문우들은 남편의 상태를 아직 모른다. 아픈 줄은 알지만 이게 마지막 나들이라는 것은 몰랐을 것이다. 항상 같은 모습이지만 생소한 느낌이다.

"괜찮지요." 하고 물어오면 환하게 웃어준다.

문인협회 시흥지부가 힘들었을 때 애를 많이 쓴 남편이다. 전시된

작품들을 읽어보고 지인들과 일일이 악수를 한다. 의연하려 하지만 웃음에 흔들림이 새어 나왔다.

한쪽 신장에 소변 통을 달았어도 피 검사 수치는 안정되어 갔다. 그러나 다른 한쪽 신장에 과부화가 걸리면 양쪽에 소변줄기를 달 수도 있다고 했다. 우선은 먹거나 화장실을 다니는 것에 큰 불편은 없다. 많은 사람들이 문병을 왔다. 담담하다. 잘 준비한 사람처럼.

한 병실의 환자들도 각각의 사연들이 많다. 그동안 지지부진하던 사업이 이 년 동안 너무 잘 되어 일에 몰두하다가, 피로가 누적돼 병원에 왔다가 췌장암 진단을 받은 사람. 사십 대의 잘생긴 남자는 직장 다니다 사업을 시작해, 전국에 대리점을 확장하느라 정신이 없던 중 증상이 이상해 검사를 받았더니 간암으로 시기를 놓친 상태였다. 아직 애들은 어리고 부모도 젊다. 아내는 벌여놓은 사업체를 운영해야 하기에 병실에 잘 오지도 못한다. 젊은 환자들이 많아 오히려 미안하다.

"우리 애들 스무 살 될 때까지만 살 수 있다면……."

이 젊은이의 간절한 바람이다. 그러려면 5년을 살아야 하는데 의사는 시간이 없다고 했다. 시험용 최첨단 시술에도 해당이 안 된다는 것이다.

"먹고 싶은 것 먹고, 보고 싶은 것 보며 칠십까지만 산다면 여한이 없겠다."

올해 환갑이라는 분의 소망이다.

그들도 아프기 전에는 힘들어 죽겠다느니, 아파서 빌빌거리고 사느니 죽는 게 낫지 않겠느냐고 남의 일처럼 말했을 것이다.

간암으로 집에 가고 싶다고 조르다 돌아가신 분은, 평소에 신앙을 부인하다 병석에서 하느님을 받아들였다. 부인은 영혼을 구원받았다고 슬픔보다 기쁨이 충만해 있다. 죽어가는 모습을 지키며 기도해 주었다. 남편이 있는 병실은 대부분 무거운 환자들이다.

동생들이 음식을 해왔다. 시누이들이 자주 반찬도 해 날라주어 불편은 없었지만 남편은 나날이 힘들어 했다.

가평에 있을 때 시누이들이 찾아와 같이 지냈던 게 고맙다. 그때만 해도 음식을 맛있게 먹을 수 있어 먹고 싶다는 것을 사 줄 수 있었는데. 해주지 못한 것이 마음에 걸리더니 이젠 해 줄 수 없는 게 마음 아프다.

아직 걷지도 못하는 소아암을 가진 어린이를 볼 때면 차라리 내가 대신 아프면 좋을 것 같다는 생각도 든다. 나는 그래도 이 나이까지 살았으니 그리 억울하지는 않을 것 같았다.

연변에서 돈을 벌겠다고 나온 30대의 젊은 남자는 험한 직장에서 일하다 쓰러져 실려 왔다는데 몸이 아주 건장했다. 얼마 전에 결혼한 아내는 너무 젊다. 직장을 여기저기 옮겨 다니느라 의료보험에 들지 못해 보험을 적용할 수 없다고 한다. 아픈 것보다 돈 걱정을 많이 했다. 찾아오는 사람도 없어 간병하는 젊은 새댁과 밥을 나누어 먹었다. 불현듯 감사하다는 생각이 들었다. 남의 불행으로 내 행복을 확인한다더니.

내 생각만 할 때는 아직 남편이 젊은데 지금 보내기에는 억울하다는 생각이 들다가도 치료가 어려운 이런 젊은 환자들을 보니 지금까지 살아왔다는 게 고맙고 감사했다. 이제금 떠난들 걸리는 게 없으니 홀가분할 것이라는 생각이 들자 마음이 편안해졌다. 사람은 불행해서 불행한 게 아니라 비교해보니 불행하다는 자신의 잣대를 가지고 있다. 나도 나를 버텨내야 하지만 저 젊은 아내보다야 내 처지가 낫지. 자식을 보내야 하는 내 또래의 저 부모보다는 그래도 내가 낫지 하면서 나를 곧추 세웠다. 그러면서도 참 이기적이라 생각했다.

주일엔 병원 안에서 미사를 드릴 수 있어 다행이다. 처음엔 걸어서 갔다. 더 지나자 부축하며 다녔다. 휠체어를 타고 다닐 때쯤 신부님께 병자성사를 청했다. 병자성사는 환자에게도 주시지만, 죽을 때 하느님 앞에 살아서의 모든 죄를 고백하고 용서받는 죽음 준비 의식이다.

생각해보면 살아온 모든 것에 감사하다. 영세를 받고도 한때는 하느님의 존재를 불신하고 세속에 빠져 살기도 했다. 사업한다고 교만에 빠지다가 밑바닥까지 가서야 하느님께 귀의했다. 있던 것을 다 잃고 나서야 하느님을 얻은 것이다. 감사할 일이다.

그 이후에 하느님을 떠나지 않으려 나름 노력했다. 해외에서는 공소회장직도 맡아 교황님의 축복장도 받았다. 성전을 지을 때도 나름 열심히 했다.

죽을 고비를 몇 번인가 넘겼다. 리비아에 파견 나가느라 출국해야 하던 날, 남편은 그날따라 일주일 더 쉬었다 가겠다고 우겼다. 당연히 회사에선 그것으로 문제를 삼았다. 하지만 그날 출국했으면 그는 사고를 당했을 것이다. 그 비행기가 트리폴리 공항에서 두 동강이 나 수십 명의 사상자가 났다. 또 사막에서는 차가 몇 번이나 굴러 같이 탔던 사람이 사망한 경우도 있었다.

　지금까지 살아온 것에 감사해야지. 더욱이나 부모님이 우리 앞에 돌아가신 것도 감사할 일이다. 지금 보내기에는 아쉽고 이른 나이지만 생각해보면 감사할 일이 많았다.

　"우린 남들 백오십 년보다 더 열심히 살았으니 이제 떠나도 아쉬움 없어. 그치?"

　스스로 그렇게 위안했다.

이런 사람

　　　　　박소담

뜨거웠으면 좋겠다.
삶의 힘줄이 터지도록

구름 낀 날은 싫다

따가운 햇살에 속살이 돋아나도
뜨거운 태양이 좋아

산다는 것도 그래

길다고 좋은 것은 아니지
짧아도 뜨겁게

죽고 나면 이런 소리 듣고 싶어

참 아까운 사람이야
좀 더 살았어야 하는 건데

그가 퇴원해 집으로 가는 것은 힘들 것 같았다. 그동안 써 놓은 시들을 정리했다. 남편은 투병생활을 하면서 쓴 시들이 많았다. 그가 없으면 부부 시집이라는 이름으로 시집을 낼 수 없다. 그가 살아있을 때 시집을 내어 그에게 보여주고 싶다.

서둘러 작품을 손질하고 출판사에 부탁했다. 출판사 쪽에서 마지막 작품이니 일생을 추억할 수 있는 사진을 같이 넣어 주었다. 남편이 떠나면 문상 오는 분들한테 시집을 주고 싶었다. 그가 새로 나온 책을 검토해본다. 책 제목은 그의 시로 정했다. 여섯 번째 마지막 부부 시집이다.

내 생에 봄이 다시 온다면

박소담

내 생에 봄이 다시 온다면

푸른 바다가 끝없이 펼쳐진 산마루에

아내가 좋아하는 산막 한 채 지어 놓고

앞마당에 매화 한 그루 잘 키워

벗하고 살고 싶네

매화 탐스럽게 피거든

그리운 사람에게

꽃다발 한 아름

강물에 띄워 보내고

청매실로 술 담가 푹 익거든

정다운 친구와 술잔 나누며

뱃고동 소리 담아

내가 좋아하는 시 한 편

낭랑하게 읊어주고 싶네

우리 생에 다시 봄이 온다면 정말 이렇게 살았으면.

"당신 작품은 내가 교정봤어. 필요한 것은 조금 수정하기도 했고."

"당신이 내 것을 맘대로 했어? 내 것은 내가 봐야 하는데."

그는 화를 냈다. 나는 웃었다. 자기 작품을 아무리 부부지만 내가 손을 댔다는 것에 자존심이 상한 모양이다. 같이 시를 쓰지만 우리는 서로의 시세계가 다르다. 그는 감성적이고 서정적이다. 나는 이성적이고 논리적이다. 글만 읽으면 내가 남자인줄 안다. 그러다보니 독자도 다르다. 아들은 내 글을 좋아하고, 딸은 아버지 글을 좋아한다. 병문안 오는 분들한테 책을 한 권씩 드렸다.

그는 의사한테 자기의 생명연장을 위한 다른 조치를 반대한다는 말을 했다.

"의사선생님! 나는 하느님한테 갈 준비가 되어 있어요. 더 이상 다른 조치를 하지 말아주세요. 다만 죽는 것은 무섭지 않은데 고통스럽지 않게만 해 주세요."

진통제 이외에 더 이상의 시술은 거부했다. 오래전에 온 가족이 사후 장기 기증서약을 했었다. 가톨릭 한마음센터에 전화를 했다. 암환자는 장기 기증이 어렵다는 대답이다. 남을 위해서도 건강하게 살 일이다. 아들, 딸과 나도 생명연장을 위한 의료행위를 거부한다는 서류에 사인을 했다.

병원에 있다 보니 머리가 덥수룩하게 길었다. 목욕을 시키고 아래층에 있는 미장원에 가서 머리를 자르자고 했다. 이발 하는 것을 싫어했다. 바람을 쐬러가자며 아래층 미용실에 데리고 갔다. 당황해했지만 머리를 다듬었다. 단정해보였다. 언성을 내면서 말했다.

"내가 다시 태어나면 지금 이 심정을 꼭 글로 쓸 거야."

항상 머리를 깔끔하게 자르던 그다. 그러던 그가 암환자는 머리가 다 빠진다는 것에 어떤 두려움이 있었나 보다. 다행히 그의 머리는 빠지지 않았다. 이제 죽음을 준비해야 한다는 착잡한 심정이 두려웠을 것이다. 내 마음이 아려온다.

생각해 보니 시어머님 돌아가신 전날에도 내가 머리와 손발톱을 깎아드렸다. 친정어머니도 중환자실에 있을 때 머리를 깎아드리자 "아, 시원해." 하셨다. 그때 생각이 났는지 그는 머리 손보는 걸 싫어했다. 친정어머니는 무의식상태에서 화들짝 놀라며 누군가의 이름을 불렀다. 죽기직전에는 살아있을 때 은혜를 주고받은 가까운 영혼들이 환영하러 온다더니 그래서였을까 오래 전의 친구 이름이란다.

─연분홍치마에 봄바람이 휘날리더라─ 의식이 없을 때 흐드러지게 부르던 이 노래를 들을 때마다 나는 어머니 생각에 가슴이 젖어온다.

집 근처에 있는 단골병원에서 황목사님이 호스피스 병동을 운영한다. 전에 전화를 했을 때는 병실이 없었다. 그가 자꾸만 집에 가고 싶어 했다. 누워 있다가도 집에 가야 한다며 벌떡벌떡 일어났다.

옆에 있던 간암 환자가 죽을 때도 그랬다. 의사나 간호사, 아내한테 집에 가게 해 달라고 애원하고 자다가도 집에 가야 한다며 일어서려 했다. 너무 안타까워 그의 아내한테 말했다. 집에 모시고 가는 게 좋을 것 같다고. 그러나 그녀의 대답은 집에 가면 어떻게 감당하겠느냐며 엄두를 내지 못했다. 그러다가 이틀 후에 떠났다.

집에 가자고 조르는 그의 말에 막상 나도 막연했다. 더 이상의 치료는 아니더라도 고통을 느끼지 않을 진통제는 주사를 해야 하는데 집에 와서 처치를 해줄 여건이 아니었다. 마음 같아서는 집에서 편안하게 임종을 맞이하도록 해 주고 싶은데 고통을 어떻게 막아줄 방법이 없었다.

만일 내가 이런 상황이라면 나도 병원에서 죽고 싶지는 않다. 앞으로는 집에서 간병을 받을 수 있는 길이 열렸다니 얼마나 다행인가? 내가 이런 일을 당하게 되면 내가 살고 있던 집, 내가 자던 방에서 죽음을 맞이하고 싶다. 동물도 죽을 때는 고향을 찾는다는데 사람도 자기자리에서 죽고 싶은 게 본능일 것이다.

여러 번 신청전화를 한 후에 겨우 자리를 얻었다. 아직 호스피스 병동이 활성화 되지 않은 초창기라서 몇 자리밖에 없었기에 있던 분이 돌아가시어 침대가 비어야 다른 사람이 들어온다. 비가 억수로 오는데도 일산에서 시흥집 근처 호스피스 병실로 옮겼다. 하루라도 빨리 옮기고 싶었다. 그는 안심인 듯 편안해 했다. 그동안 다니던 단골병원이고 의사들도 잘 아는 사람들이라서인지 집은 아니지만 마음이 놓이는 듯 보였다. 이곳이 집 근처라 나도 편했지만 지인들과 교우들과 애들도 다니기 수월했다.

장례식장을 알아보러 다녔다. 여러 가지가 내 계획에 합당하지 않았다. 멀리 있는 호화로운 장례식장보다는 집과 가깝고, 여러 사람이 찾아오기 쉽고, 교우들도 기도하러 오기 편한 곳을 찾았다. 다행히 이곳 병원 측에서 우리가 필요한 만큼 우선적으로 장례식장을 사용하도록 해 주었다.

목사님이 수시로 기도해 주러 오셨다. 봉사자들이 목욕도 시켜주고, 성경도 읽어주었다. 신자들도 봉사자들도 자주 왔다. 그는 아주 편안해 했다.

손자손녀한테 말했다.

"너희들이 할아버지한테 꼭 받고 싶은 선물이 무엇인지 생각해보고 대답해주렴."

앞으로는 손자손녀와 같이할 수 없을 것이다. 할아버지에 대한 좋은 기억을 남겨주기 위해 나는 남편의 이름으로 무언가 해 주고 싶다. 그들이 할아버지를 기억할 때 좋은 할아버지로 기억 되게 하고 싶다. 친손자손녀는 자전거를 갖고 싶다고 했다. 외손녀는 부족한 물건이 없다고 해 꼭 필요한 것을 사라고 돈 봉투를 주고 애들은 자전거를 사 주었다.

"너희들 할아버지한테 고맙다고 인사해야지."

"할아버지, 고마워요."

외할머니, 외할아버지, 증조할머니의 죽음을 너무 일찍 겪은 이제 열 살인 손자는 그 또래의 아이들보다 성숙한 느낌이다.

"할아버지, 많이 아프시죠. 조금만 참으세요. 천국에서 외할아버지랑 만나셔요. 천국에서는 안 아프데요."

하며 할아버지의 손을 잡아준다.

"그래. 건강하게 잘 자라고 훌륭하고 멋있는 사람이 되려고 노력하렴."

남편이 애들을 안아주고 축복했다. 애들도 할아버지에게 뽀뽀해주었다. 아들은 손자가 너무 일찍 어른들의 죽음을 지켜본 것이 성장하는 데 어두운 영향을 끼칠까 염려했다. 비관론자가 될까봐 걱정이 된다고 했다. 그러나 나는 삶과 죽음은 같이 공존하는 것이니 일찍부터 아는 게 사는데 도움이 될 거라고 했다. 언젠가 죽는다는 것을 알면 더 열심히 살 것이고, 삶의 댓가를 치러야 하는 다른 세계가 있다고 믿고 살면 함부로 막살지는 않을 것이라고 했다.

아들 내외와 딸 내외가 왔을 때 그는 늘 하던 말을 또 했다. 아들, 딸, 사위와 며느리의 손을 같이 잡고 담담하게 말한다.

"너희들 서로 의좋게 지내. 신규는 네 매형을 잘 따르고 상의하면서 살거라. 한 서방 그동안 많이 애썼고 고마웠어. 가까이서 어머니 잘 돌봐드리고. 너희들이 있어 참 행복했다. 네 엄마를 외롭지 않게 잘 부탁한다. 그리고 나는 화장해 바다에 뿌려다오. 다른 것은 아쉬움이 없는데 너희들과 같이 많은 시간을 보내지 못한 것하고, 세상 구경을 다하지 못한 게 아쉽다. 죽어서라도 못 가 본 곳을 가보고 싶구나."

"아빠 다 뿌리면 아빠 보고 싶을 땐 서운하잖아. 흔적이 너무 없으면."

딸이 항의했다.

"그럼 반절은 묻고 반절만 뿌리렴."

"태국 파타야 해변에도 뿌려 드릴게요. 그곳은 세계 각국의 쭉쭉빵빵한 여자들이 비키니 차림으로 활보하거든요. 심심하지 않을 거예요. 저희도 일 년에 두 번은 가니까 아버지 좋아하는 맥주도 사다 드릴게요."

사위의 말이다.

"그래, 그것도 좋겠다."

그가 아주 흐뭇하게 웃었다. 모두들 같이 웃었다.

"나는 지금 가도 여한이 없다. 장례식은 초상처럼 흰 꽃으로 하지 말고, 하느님 앞으로 가는 축제처럼 했으면 좋겠다. 내가 살아왔던 것과 장례식을 녹화해 손자인 진성이에게 주었으면 좋겠다."

그이가 아들 손을 잡고 말했다.

"신규야, 너한테는 아버지가 미안한 게 많다. 내가 너한테 잘못한 게 많아. 너를 사랑하지 않아서가 아니라 사랑을 어떻게 표현할지를 몰랐어. 아버지도 아버지 노릇을 잘 배우지 못해서 그런 것 같다. 지금 생각하면 후회가 돼. 너하고 같이 지낸 시간도 많지 않았고. 상처를 많이 준 것 같아 미안하다. 용서해다오."

"아버지, 저도 이제는 이해해요. 저도 아들을 키우잖아요."

아버지와 아들은 부둥켜안고 눈물을 흘렸다. 그동안의 벽을 허물었다.

보고 싶은 친구들도 불러 마지막 인사를 했다. 마음에 걸리는 형제들과는 서로 위로하기도 하고, 가슴에 담아두고 하지 못했던 말을 풀어냈다. 용서와 화해를 청하기도 하고 베풀기도 했다.

사랑한 여동생한테는 항상 미안해했다.

"너는 공부도 잘했는데. 그때 오빠가 너를 조금만 뒷바라지 해 주었으면 너는 멋지게 훌륭한 일을 했을 텐데. 너를 볼 때마다 마음이 아프다."

"오빠! 그때는 오빠도 학교 다니기가 힘들었잖아. 한 번도 오빠를 원망한 적 없어. 오빠는 동생들 때문에 희생만 하고 고생만 했어. 오빠! 나 지금 잘 살고 있잖아."

"그래, 고맙다."

그동안 가까이서 물심양면 잘해 주었던 친정동생에게 남편은 각별히 고마워했다.

"처제, 그동안 나한테 많은 기쁨을 주어 고마웠어. 내가 결혼해서 처음 처갓집에 갈 때 장난감을 사가지고 갔는데 이제 같이 늙어가네. 처제들이 많아서 참 좋았어. 잘 살어. 언니를 잘 부탁해."

"형님, 고마웠어요. 형님은 부모님보다 더 부모님같이 저를 보살펴 주셨는데 그동안 보답도 못하고 이렇게 되었네요. 형님 위해서 기도 할게요."

시동생이 울먹이며 말했다.

"혼자 어렵겠지만 애들 잘 키우고……."

그도 울먹인다. 이 동생을 생각하면 살이 아릴 것이다.

형님, 동생, 처남, 그동안 친하게 지냈던 친구, 동료들과 작별인사를 했다. 정신이 있을 때 모두 불렀다. 일일이 손을 붙잡고 인사를 했다. 본인의 장례식에 연락해야 하는 주소록을 내게 주었다.

동창친구를 보고 싶어 했다. 각별했던 친구였는데 그의 아내가 유방암 치료를 받는 데 소홀히 한 것 같아 미안해했다. 여러 번 전화를 해도 통화가 안 된다. 해외에 나갔다고 한다. 그 친구만 보지 못한 게 두고두고 아쉬움이다. 다른 병으로 투병 중인 보지 못한 친구들한테 도 전화를 했다.

"이제는 다 된 것 같아." 떠날 준비가 다 되었다는 말이다.

신부님께 총고백을 신청했다. 봉성체를 오신 신부님은 총고해를 주 셨다. 일생동안 살아오면서 지은 죄와 양심에 가책이 되었던 일들, 후 회와 좌절을 느꼈던 일을 하느님께 고하고 깨끗한 마음으로 하느님 께 가는 의식이다.

무슨 얘기를 했는지 모르지만 그는 홀가분해 했다. 나한테 부탁도 했다. 앞으로 신부님과 서로 연락해 고통 받는 암환자들을 위해 도움을 주라는 말이다. 암으로 아프기 전에는 암이 이처럼 고통스러운지 몰랐는데 아파 보니 얼마나 두렵고 힘든지 모른다고 했다.

　퇴직금과 노후를 위해 저금해 두었던 돈을 다 털어 사 두었던 가게가 정리되면 환자들을 위해 일하시는 신부님께 도움이 되게 해 드렸으면 좋겠다고 했다. 내가 앞으로 살아가면서 항상 염두에 두겠다고 약속했다.

떠나는 연습

이지선

한해를 보내는 마지막 날, 서점에 가 세계지도를 샀다
지도를 펴 가고 싶은 곳과, 갈 수 있는 곳을 짚어 본다

역마살이 낀 그의 차 속엔 언제고 떠날 준비가 되어 있었다
낚싯대, 배낭, 취사도구, 돗자리 등
생활이 지루해질 때쯤이면
꾀병을 앓고 있는 그의 치료약은 집을 떠나는 일이다

연습이 잘 된 그는 이 세상이 따분해질 때쯤 기꺼이 저 세상으로 떠났다

그곳은 이곳의 여행도구가 필요 하지 않아 새로 장만해야 했다

세계지도에 없는 어떤 나라에서 그는 열심히 구경을 다닐 것이다

새로운 해는 새로운 여행을 떠나야 하기에 새로운 준비를 한다

아름다운
이별

그동안 같이 했던 문우들이 문병을 왔다.

"그동안 다들 고마웠어. 좋은 글 많이 써 시흥을 빛나게 해주기 바래. 함께 할 수 있어서 행복하게 지냈어. 난 이제 떠날 때가 된 것 같아."

모든 이들과 이별의 악수를 했다. 찾아오는 사람들에게 그는 의연했다. 그런 그가 고맙다.

진통제로 의식이 점점 희미해져 간다.

"당신이 먼저 가서 내 좋은 자리 맡아놔. 난 오래 살고 싶지는 않아. 하지만 사는 동안은 건강하게 살도록 당신이 지켜줘. 내가 아프면 당신도 없으니 얼마나 서럽겠어. 난 그게 두려워. 애들이 돌봐 준다고 해도 당신만큼 만만하지는 않겠지. 내가 죽기 일주일 전에 당신이 나한테 알려줘. 그럼 모든 걸 정리하고 미련 없이 당신 곁으로 갈 거야. 알았지?"

그가 고개를 끄덕였다.

의식이 식어갈 때 그가 천천히 말했다.

"내가 하느님 앞에 가려니 자꾸만 두려워……. 예전에 신부님이 총회장을 맡으라고 했을 때 거절했던 일이 걸려. 그때 했어야 했는데……. 지금 이렇게 후회될 줄 몰랐어. 어차피 해도 안 해도 시간은 가는데……."

성전을 지을 때 부회장을 맡으면서 성당의 여러 가지 일로 상처를 받았던 게 많았다. 다음에 오신 신부님이 총회장을 권했을 때 그 상처들로 해서 거절했었다. 지역사회에 여러 어려운 일을 하면서 한 번도 하지 않던 얘기다. 이제 하느님 앞에 서야 한다는 절박한 입장이 되니 순명하지 않았다는 게 가슴 저리게 후회가 드나 보다.

희미한 의식을 가다듬으며 몇 번을 말했다.

"그때 할 걸……."

돌아가실 무렵 급히 신부님께 종부성사를 청하던 교우 할머니가 떠올랐다. 신부님이 연수를 가시어 성당에 계시지 않았다. 할머니는 꼭 성사를 보고 죽어야 하는데 하시며 간절히 기다렸다. 일찍 남편을 여의고 아들 넷을 혼자 키워야 하는데 너무 가난해서 자식들을 굶게 하는 일이 다반사였다. 동네 부잣집에서 쌀 한 가마니를 키질을 해 달라고 해 굶는 자식이 눈에 밟혀 그중에 한 말을 빼냈단다.

그게 내내 가책이 되어 성사를 보러 갔는데 외국인 신부님이 귀가 어두우셨다. 죄가 무서워 가만가만 얘기를 하는데 신부님이 말은 크게 하라고 소리를 친 게 혼내는 줄 알고 무서워 뛰쳐나오고는 그 일을 고해성사를 보지 못했다는 것이다.

이제 죽으려고 하니 그 죄가 너무너무 무겁고 두렵더라는 것이다.

사는 동안은 잊어버리기도 했는데 죽어야 하는 지금 이렇게 무겁게 짓눌린다며 하소연하셨다. 금방 돌아가실 것 같던 교우 할머니는 소원대로 신부님이 오실 때까지 기다리다 고해를 하고 성체를 모시고 안심하듯 돌아가셨다.

"그런 분은 고해성사를 보기 전에는 안 죽어요."

서투른 한국말로 신부님이 하신 말씀이 생각난다.

호스피스 병실이 좋은 건, 아예 진통제를 24시간 넣어 주어서다. 병원에서는 꼭 환자가 진통을 호소해야만 확인하고 주기 때문에 갈수록 심해지는 통증을 감당하기 어렵다. 회생할 수 없다면 통증을 줄여주는 게 지금 해줄 수 있는 전부다. 진통제의 단위가 늘어난다. 환각상태가 되기도 하고 의식이 왔다 갔다 한다.

호스피스 병실에 있는 암환자들의 사연은 슬프다. 사십대의 환자들은 더 가슴 아프다. 이 병실은 치유가 아니라 편안하게 떠나는 준비를 시키는 곳이다.

아직 자식이 어린 젊은 환자는 본인보다 자식걱정이 더 많다. 나도 힘들지만 그 환자에게 위로를 해주고 싶어 성경구절을 읽어주었다.

지혜서 4장 7절-19절

의인은, 제 명을 다하지 못하고 죽더라도, 안식을 얻는다.

노인은 오래 살았다고 해서 영예를 누리는 것이 아니며

인생은 산 햇수로 재는 것이 아니다.

현명이 곧 백발이고,

티 없는 생활이 곧 노년기의 완숙한 결실이다.

그는 하느님의 뜻대로 살아 하느님의 사랑을 받았다.

그래서 죄인들 가운데에 살고 있는 그를 하느님께서 데리고 가셨다.

하느님께서는 그가 악에 물들어서 바른 이성을 잃지 않도록,

또 그의 영혼이 간교에 넘어가지 않도록 그를 데려가신 것이다.

악은 사람의 마음을 현혹시켜 아름다움을 더럽히고

방종한 정욕은 깨끗한 마음을 빗나가게 한다.

짧은 세월동안 완성에 도달한 그는 오래 산 것과 다름이 없다.

그의 영혼이 주님의 뜻에 맞았기 때문에

주님은 그를 악의 소굴에서 미리 빼내신 것이다.

그러나 사람들은 영문도 모르고 물끄러미 쳐다만 보며

이것을 생각조차 하지 않는다.

즉, 주님께 뽑힌 사람들은 자비와 은총을 받고

주님의 성도들은 주님의 보호를 받는다.

일찍 죽은 의인이 살아남은 악인을 단죄하며

젊은 나이에 죽은 의인이 오래 산 악인을 부끄럽게 만든다.

사람들은 현명한 사람이 죽은 것을 보고도,

그에 대한 주님의 계획을 깨닫지 못하고

주님이 그를 안전한 곳으로 데려간 이유를 모른다.

그들은 현명한 사람이 죽는 것을 보고 비웃겠지만,

오히려 그들이 주님의 조소를 받을 것이다.

멀지 않아 그들은 시체가 되어, 명예는커녕

죽은 자들 가운데서 영원히 멸시를 받을 것이다.

주님은 그들을 아무소리도 못하게 하여
지옥바닥에 거꾸로 던져버리실 것이다.
주님은 그들의 기반을 흔드시고
그들을 완전히 멸망시킬 것이다.
그들은 고통을 받을 것이며
사람들은 그들을 생각조차 하지 않게 될 것이다.

이 구절이 이제 겨우 40이 된 환자에게 위로가 되었는지 그는 몇 번이고 읽었다.

신앙은 어쩌면 죽음 앞에선 인간의 마지막 희망인지도 모른다. 신앙을 가진 사람과 그렇지 않은 사람들은 희망적인가 절망적인가의 차이로 죽음에 임하는 자세가 다름을 많이 보아왔다.

죽음보다 무서운 건 절망이라고 어느 철학자가 말했다. 죽음에 임했어도 천국에 간다는 희망이 있는 한 두렵지 않다는 것이다. 그러기에 평생을 신앙에 부정적인 사람도 죽음 앞에서는 신에 의지하고 싶어 한다. 그러나 살아있는 가족들의 이해관계나 체면으로 돌아가실 분의 의향이 무시되고 마는 경우를 본다. 안타까운 일이다.

주인공은 돌아가실 당사자인데 남아있는 사람들이 자기위주의 판단으로 마지막을 처리해버리는 일도 종종 있다.

우리보다 병실에 더 오래있던 암환자는 60은 되어보였다. 위중한 상태는 아닌 것 같다. 어떤 신앙도 불신한다는 그 남자는 계속 우리를 유혹했다. 어느 누구는 묘에 있는 해골 물을 먹고 나았다는데 돈만 있으면 중국인에게 부탁하면 구해올 수 있다는 것이다. 그는 할 수만 있으면 그렇게라도 살고 싶은 것이다.

최원장은 병원에 출근하기 전, 퇴근한 후에 남편을 보고 갔다. 앞으로 몇 번이나 소담 형님을 보겠느냐며 찾아오는 게 고맙다. 마음 터놓고 술 한잔 하며 얘기할 수 있는 유일한 형님이 떠나는 것을 지켜보고 싶다는 것이다. 목사님이 아침저녁으로 안수기도를 해주신다.

애들도 집 근처로 오니 자주 왔다. 직장이 대구인 아들은 마음만 조급하다. 아무리 효자도 멀리 있으면 도움이 안 된다. 불현듯 우리가 이민 간다고 준비할 때 보름을 단식하며 우셨던 부모님 생각이 났다.

딸이 아빠 손을 잡고 어루만지며 애교를 떨었다.

"아빠! 전 항상 고마워요. 외모는 엄마 닮고 재능은 아빠를 닮은 게 얼마나 감사한지 몰라요."

딸은 이 순간 조금이라도 아빠를 기쁘게 해주고 싶어 일부러 수다스럽게 떠든다.

어렸을 때, '아빠 어디가 예뻐?' 하고 물으면 한참을 생각하다 머리카락을 가리켰던 딸이다. 초등교사인 딸은 남편의 음악적인 재능을 닮았는지 학생들을 지도해 음악경연대회에서 대상을 세 번이나 받았다.

"아빠, 사랑해. 아빠는 젊었을 때보다 나이 들수록 멋있어."

딸은 아빠얼굴에 연신 뽀뽀를 해주었다. 남편은 누구든 안아주고 포옹해 주기를 좋아했다. 사위든 아들이든 며느리든 간에 서로 안아주는 게 인사다. 사위나 며느리는 처음엔 어색해 했지만 적응한 후에는 안아주지 않으면 서운해 했다.

"제 아버님이여서 자랑스러웠어요."

사위가 말했다.

"고맙다. 나도 너희들이 있어 행복했다."

그의 의식이 서서히 시들어 갔다. 의사는 소변 양에 신경 썼다. 그는 암으로 죽어가는 게 아니라 항암 후유증인 신장 기능 문제로 죽어가고 있다. 무의식 상태에서 그는 신부님을 찾았다.

신부님을 모셨다. 신부님은 이마에 기름을 발라주시고 성수를 뿌리고 영성체를 주셨다. 이 세상에서 마지막 영하는 성체. 천주교 신자는 이 영성체를 예수님의 몸과 피로 믿고 받아들이며 그 성체를 먹을 때마다 예수님이 내 안에 함께 하신다고 믿는다. 그는 성체를 영하고 싶었나 보다. 나도 마음이 편했다. 내가 그를 위해 할 수 있는 모든 것은 다 했다는 마음에서다.

직장동료로 유일하게 친분을 유지한 유 선생은 그가 숨을 거두기 하루 전까지 찾아와 지켜봐 주었다. 참 고마웠다. 그는 행복한 사람이다. 부럽다.

소변이 나오지 않았다. 죽음을 정식으로 맞이해야 해서 일인실로 옮겼다. 가까운 형제들을 불렀다. 모두들 와서 그의 마지막이 될 모습을 보았다. 먹은 것도 없었는데 대변을 왕창 눴다. 죽을 때는 배내

똥까지 다 싸고 죽는다는 말이 생각났다. 시어머님도 돌아가셨을 때 그랬던 것 같다. 죽을 때는 가진 모든 것 하다못해 뱃속의 똥까지 다 내놓고 가야 하나 보다.

이 세상에서 받은 것은 저 세상에서는 필요 없으니 다 놓고 가나 보다.

팔 월. 휴가철인데도 어찌나 비가 많이 오는지 햇빛 비치는 날이 없다.

아들 가족이 다 올라왔다. 대구에서 오르내리기가 여간 버거운 게 아니다. 아들이지만 미안하다. 그들은 그들대로 미안해 하고 나는 나대로 그렇다. 며느리가 식구들 먹을 도시락을 나름 정성들여 준비해 왔다. 멀리 있어 병수발도 못하고 자주 오지도 못해서 딴에는 미안했나 보다.

친정어머니가 먼저 떠나 혼자인 친정아버지의 병수발을 하느라 맏딸인 며느리가 애썼음을 알기에 시집에까지 신경 쓰게 하고 싶지는 않았다.

딸 내외와 아들식구들 모두 밥을 나누어 먹고 오늘은 병실에서 같이 자겠다고 했다. 돗자리를 깔고 병실에서 자겠단다. 애들은 소풍 왔다며 좋아했다. 비좁게 엉켜있으면서 참으로 오랜만에 온 가족이 병실 한 방에서 지내고 있음을 알았다. 그이는 침대에 누워있지만 지금 이 모습을 좋아할 거라 생각했다.

오래전부터 가족여행을 계획했지만 모두들 시간이 맞지 않았다. 지나고 보니 기억도 안 나는 일들에 정작 기억해야 하는 일을 버린 것이다.

좁은 병실에서 피부를 맞대고 소곤거리며 밤늦도록 얘기했다. 자라면서 형제간에 싸웠던 일들, 애들 키우는 일들, 결혼하면서 겪은 우여곡절들, 아버지하고 지냈던 일들이 끊임없이 이어졌다.

그도 듣고 있을 것이다. 사람의 육체 중에 가장 늦게까지 기능을 하는 게 귀라고 한다. 초상집에 가서는 고인을 험담하지 말라는 게 그래서일 것이다.

그의 숨소리가 고르지 않다. 의사는 며칠 더 견딜 것 같다고 했지만 모두가 한자리에 있을 때 떠나는 게 좋을 것 같다는 생각이 들었다.

아침에 일어나 온몸을 깨끗이 닦아주었다. 머리도 감기고 빗질도 해 주었다. 항상 그랬듯이 그의 이마와 입술에 입맞춤을 했다. 건강할 때는 그가 나한테 그렇게 해 주었다. 이제는 내가 아침저녁으로 그렇게 해준다.

그의 야윈 얼굴을 어루만지며 눈물의 기도를 했다. 성수를 뿌려주고 새 옷으로 갈아입혔다. 대변을 받아내느라 채웠던 기저귀도 뺐다. 그가 싫어할 것 같아서다. 아침 여덟시에 애들과 같이 남편의 두 손을 잡고 기도했다. 그의 숨소리가 깊어 갔다. 나는 그의 귀에 대고 속삭이듯 말했다.

"힘들지? 이제 떠나도 돼. 나머지 당신 걱정스러운 일들은 내가 다 알아서 할게. 걱정하지 말고 편안히 가. 두려워하지 말고. 그동안 날 사랑해 주어 고마웠어. 내가 당신 마음 아프게 했던 일들 다 용서해. 당신으로 난 행복했어. 사랑해. 앞으로도 당신 사랑만 기억할게. 편안히 떠나."

내 말이 끝나자마자 기다렸다는 듯이 그는 숨을 크게 한 번 쉬더니 멈추었다. 그의 눈에 눈물이 주르르 흘렀다. 애들을 소리쳐 불렀다. 모두 모였을 때 다시 한 번 숨을 몰아쉬더니 그대로 멈추어 버렸다. 마침 아침 기도를 오시던 목사님이 기도를 해 주셨다.

"아빠! 빛이 보이지? 뒤돌아보지 말고 그 빛을 따라가 아빠 힘내!"

딸이 아빠를 격려한다. 천국을 향해 열심히 가라는 거다. 모두 남편의 손을 잡고 눈물을 흘렸다. 나는 그의 얼굴에 내 얼굴을 비볐다.

"고마웠어……. 잘 가……."

누구도 소리 내서 통곡하거나 울부짖지 않았다.

죽음에 대해

박소담

오늘 아침 출근길에서 죽어간 사람을 보았다.

이 시간에도 많은 사람이 죽어가고 있을 것이고, 죽음 직전에서 고통스러워하는 사람도 많을 것이다.

죽음이란 누구도 피할 수 없는 생명과 함께 받아온 빚이다.

현대 문명의 과학은 급진적으로 발전해 가고 있다.

그러나 과학의 발달은 얼마나 많은 사람을 죽일 수 있느냐 아니면 얼마나 더 수명을 연상시킬 수 있느냐 하는 문제는 해결할 수 있어도, 죽음을 막을 수는 없다.

또한 죽은 사람을 되돌려 살릴 수도 없다.

살아있는 모든 존재는 언젠가는 죽어야 한다.

우리는 죽음을 의식하지 못하고 살아간다.

그러기에 죽음 앞에서 도도하게 군다.

나만은 그렇게는 쉽게 죽지 않을 거라는 생각으로 죽어 나가는 사람 앞에서 남의 일처럼 두둑해지고 아무 일이 없었던 것처럼 금방 잊어버린다.

그렇다고 벌벌 떨며 공포증에 사로잡히거나 허무함에 빠지라는 건 아니다.

다만 조금은 숙연해지고 살아있는 동안에 의미 없이 죽을 수 없다는 마음으로 열심히 살아내야 한다.

왜 살아야 하는가?

무엇 때문에 살아야 하는가?
어떻게 살아가고 어떻게 죽어가야 할 것인가?
왜 죽어야 하느냐?
나는 지금 어떻게 살아 왔느냐?
어떻게 살아야 보람 있게 살다가 갈 것인가?

출근길에 만난 죽음 앞에 나의 삶을 뒤돌아본다.
나도 언젠가는 누군가의 출근길에 죽음으로 보일지 모를 일이다.

1978년 2월

여행을
떠나다

그가 하얀 천에 덮여 장례식장 영안실로 내려간다. 마지막으로 그의 이마와 입술에 입맞춤을 했다. 식어가는 그의 체온이 나를 울컥하게 한다.

"냉동실에 넣지는 마세요."

그는 유달리 추위를 탔다.

"그렇게 얼게끔 하지는 않아요."

계속 오던 비가 그쳤다. 8월 9일. 그가 떠난 날이다.

장례식은 그가 원하는 대로 준비했다. 제대는 흰 국화가 아닌 형형색색의 꽃들로 장식했다. 화환을 보내오는 꽃도 결혼식 꽃보다 더 화사한 꽃으로 부탁했다.

또 다른 세상으로 떠나는 축제가 시작된 것이다. 그가 태어나서 69년을 살아왔음에 감사하고, 하느님 앞에 새로 태어나는 축하식이다.

그의 영전 앞에 내가 보낸 꽃바구니가 있다.

'열심히 산 그대, 천국에서도 파이팅!'

그 옆에는 자식들이 보낸 꽃바구니.

'제 아버지여서 자랑스러워요. 아빠, 사랑해요.'

남들은 이해하기 어렵겠지만, 우리는 죽음과 태어남은 같다는 생각이다.

장례식장이 결혼식장보다 더 화려하다. 어쩌다 흰 국화도 와 있지만 왠지 어색할 정도다. 그의 영전에는, 국회의원 기, 시장기, 연령회기, 문협 기들이 꽂혀 있었지만, 그는 깃발에 크게 관심이 없는 사람이었다. 나는 그런 점을 좋아했다. 모자를 쓰고 있는 영전사진은 잘 알고 있던 사진작가가 준비해 준 것이다. 먼 곳을 바라보는 눈은 마치 먼 이상을 응시하는 듯하다. 참 잘 어울리는 사진이다.

문상 오는 분들한테는 유고작이 된 부부 시집을 드렸다. 컴퓨터를 잘하는 지인이 그가 살아오면서 활동했던 사진들을 엮어 동영상을 만들어 주었다.

장비를 주선해 장례식장에서 영상이 계속 돌아갔다. 결혼식장에 가면 웨딩사진들을 영상으로 보여주듯이. 거기에는 그가 살아왔던 모습들이 담겨있다. 같이 활동했던 사람들, 여행을 같이 했던 젊은 날의 모습들을 보면서 문상객들도 즐거워했고 추억을 더듬곤 했다.

그동안 남편이 문인활동을 하면서 전시회를 했던 시화작품을 모아 장례식장 안에서 시화전도 벌였다. 문상 오시는 분은 그의 살아온 기록을 보고, 시집과, 시화전을 읽으면서 그를 기억할 것이다. 여러 편의 시화작품 중에 사람들의 발길을 붙잡은 시가 있다.

먼저 떠나면

박소담

생의 계단 함께 오른 서른여덟 해

곱던 얼굴에 지혜의 계곡은 깊고

고뇌하던 눈동자엔 별들이 가득하네

그녀 손길에 꽃들은 웃고 있지만

이미 호미가 되어버린 손

기성화 신을 수 없는 옹이 박힌 발

내가 먼저 떠나면 이 몸 가죽으로

세상에서 가장 편한 신발 한 켤레 만들어 주고 싶네

그의 시는 떠남을 준비한 시가 많았다.

하기야 우리는 태어나는 순간 죽음을 향해 떠나고 있는데 그걸 부정하고 싶어 한다. 이 세상에 모든 것이 변해도 변할 수 없는 것. 생명을 가진 모든 것은 죽는다는 사실을 우리는 살면서 잊고 싶어 한다.

그의 시는 나에 대한 사랑의 시가 많았다. 그 나이에 낯간지럽다고 타박을 들으면서도 그는 청년처럼 그랬다. 그의 사랑의 에너지로 나는, 온 열정을 다해 그가 하고 싶은 일을 도왔는지도 모른다. 출근할 때면, 차가 없던 시절엔 버스 타는 종점까지 바래다주고, 항상 구두를 닦아 대령해 놓고, 용돈이 필요하다면 언제고 이유를 묻지 않고 주었다. 술을 좋아해 나를 힘들게 한 일도 많았지만, 이제는 나를 그처럼 사랑해줄 사람이 이 세상에 없다는 게 슬프다.

문인들이 그의 추모식을 가졌다. 그와 함께 동거 동락했던 추억을 기리며 추도사와, 시 낭송, 그의 활동과 업적을 보내는 아쉬움을 나누었다. 그가 즐겨 부르던 색소폰 연주도 해 주었다.

문상 오는 사람들은 장례식장에서 색소폰 연주가 들리자 처음엔 어리둥절해 했다. 그러나 취지를 듣고는 그렇게 장례식을 하는 것도 괜찮겠다고 수긍하기도 하고, 자기도 그렇게 하고 싶다고 하기도 했다.

장례식장은 통곡소리가 나야 하고 어느 며느리가 울지 않았느니 딸이 슬피 울었다느니 하는 분분한 소리가 나는 게 상식적인 장례모습이다. 이에 익숙한 사람들은 관습적인 형식을 파괴할 용기가 없을 것이다. 누군가가 선례를 만들면 보는 눈이 차츰 바꾸어지지 않을까.

남편의 시화작품을 소장하기를 원하는 사람들에게는 작품을 내 주었다. 신자들이 줄지어 와 연도가 이어지면서 이제는 이 세상 사람이 아님을 실감한다.

그는 마지막으로 명주로 만든 옥색 옷을 입었다. 평소에 쓰던 묵주와, 유고집이 된 시집을 넣어 주었다. 아주 평온해 보였다. 가족과 형제들 가까이했던 교우들이 지켜보며 기도 속에서 입관을 마쳤다. 나는 그의 얼굴에 마지막 입맞춤을 했다.

"잘 가. 고마웠어."

열 살이 된 손자가 할아버지의 얼굴을 정성스레 어루만져 준다.

성당에서 장례미사로 이 세상에서의 모든 이별의식이 끝났다. 한 달 동안 내리던 비가 장례 치르는 동안엔 오지 않았다. 햇빛도 쨍쨍하지 않았다.

돌아가신 교우들 일로 이따금씩 화장장에 오곤 했었다. 이제 남편을 태워 보내기 위해 온 화장장은 온 가슴이 내려앉는다. 한줌의 재로 나온 그를 받아들고 허무를 느낀다.

불현듯 예수님의 고통을 기억하는 사순절 시작하는 재의 수요일에 하는 의식이 생각났다. 신부님이 신자들의 이마에 재를 발라 주면서 "너는 흙에서 왔으니 흙으로 돌아가리라." 하시던 말씀. 해마다 그 말씀을 들었지만 그때는 실감나지 않았다.

그의 유해는 그의 뜻대로 반절은 가족 산에 묻었다. 봉분을 하지 않고 까만 대리석으로 그의 출신과 이름 세례명을 쓴 작은 돌판을 눕혀 놓은 것이다. 주변은 정원처럼 예쁘게 가꾸겠다고 약속했기에 봄이면 그 작업을 한다.

'축! 천국여행' 신앙인 의사가 보낸 꽃바구니가 그의 묘지와 잘 어울렸다.

그를 보내고 피로가 쌓인 가족들은 목욕 겸 찜질방에 갔다. 한여름이다. 다행히 휴가철이고 방학 때라서 애들 직장에도 누가 되지 않았다.

"당신, 고마워. 여러 상황을 잘 고려해 주었네." 그러자 딸이,

"아빠 멋져. 지금쯤 천국 구경하느라 정신없겠네." 한다.

"아버지가 여러 가지를 배려해서 딱 좋은 날에 돌아가 주신 것 같

아." 했다.

"할아버지는 혼자 외롭겠다." 손자가 눈물을 글썽였다.

"할아버지는 그곳에서도 잘 지내실 거야."

이젠 혼자인 연습을 해야 한다. 애들은 집안을 정리해 주고 자기 둥지로 갔다.

밤에만 찾아오는 남자

이지선

낮에 올 수 없어
밤에만 찾아오는 남자
보고 싶다는 투정에
물끄러미 쳐다만 보는 남자
그렇게 급할 것도 아니었는데
서둘러 가버린 후 밤의 남자가 되었다
급한 성질은 여전해 가는 길 멀다며
잠깐만 머무르는 남자의 얼굴엔
정지된 시계가 걸려 있다
그때나 지금이나
붙잡을 수 없어
허공을 쥐는 손가락에
걸려오는 아쉬움

그대
떠난 후

밖에 나가고 싶지 않다. 빛이 부끄럽다. 사람을 만나고 싶지 않다. 그들은 인사말로 걱정해 주는 말이었지만 나는 눈물이 난다.

이젠 아니다. 속이 텅 비어 있는듯해 먹어도 배가 부르지 않을 것 같은 허기를 느낀다.

남들이 나를 무시할 것 같고 방패가 없어진 느낌이다. 울타리가 없어져 아무나 쳐들어올 것 같은 무방비 상태가 된 것 같다. 그래서 혼자 자식을 키우는 어머니들은 그렇게 억척이었나 보다.

일주일에 한 번씩 성당에 그를 위한 연미사를 넣고 날마다 그의 영혼을 위한 기도를 했다. 남아있는 사람이 떠난 사람에게 해 줄 수 있는 것은 많지 않았다. 살아있는 사람은 다시 살아갈 준비를 해야 한다.

일하는 사람을 사서 그동안 손보지 않아 엉망이 된 농장 일을 했다. 오랫동안 단골로 다니던 연변 아저씨들은 자기 일같이 해주어 고맙다.

이 세상에서 그의 이름을 지우는 데는 서류 몇 장만 필요했다.

"이젠 됐습니다."

시청 여직원은 아무런 감정 없이 사무적으로 말했다. 입술을 꾸욱 깨물었다. 그는 내 남편의 지위를 벗어나 완전히 떠났다. 핸드폰 단축번호 1을 눌렀다. 내 가방 속에 있는 그의 전화가 울었다. 나도 울었다. 가을이 시작되는 하늘은 서럽게 맑았고 빛이 너무 밝아 모자를 썼다.

"당신은 좋겠네. 이런 서러움을 느끼지 않아서."

보험, 은행, 등기소 처리 문제 등이 여간 복잡하지 않다. 일일이 상속자들의 인감, 신분증 서류들이 많다. 애들은 잘 따라주었지만 나누어 줄 상속물건도 없어 미안했다.

그가 가고 두 달이 지나 우리 나이로 칠순이다. 회갑도 하지 않아 칠순은 멋있게 해주고 싶었다. 양로원 어르신들과 봉사자들, 혼자 지내는 이웃과 같이 하겠다고 여러 사람들과 계획하기도 했다. 결혼 40주년과 출판기념 겸해서 하고 싶었었다. 그냥 보내기는 서운했다.

떡과 과일을 준비해 그동안 다니던 양로원에 전해주었다. 가까이 했던 친지, 문우, 도움을 주신 분들을 모시고 가족들이 함께 조촐한 대접을 했다.

'태어나 주어 고마워요. 소담이 사랑한 이지선' 현수막을 걸고 그가 색소폰을 연주하는 걸게 사진도 붙였다. 문우들이 시도 낭송하고 그의 행적과 활동 등을 나누며 그가 없는 아쉬움을 나누었다. 호스피스 날에 전국 공모에 대상을 받은 내 글을 딸애가 낭독했다. 내가 그를 보내고 쓴 글이 낭송될 때 훌쩍이는 사람도 있었다.

떠날 때 더 멋진 당신

당신이 담담하게 떠날 준비를 하는 동안 나는 이별 연습을 하면서 이 순간이 어쩌면 당신과의 마지막일 거라는 생각이 들 때마다 그동안 대수롭지 않은 일에 티격태격했던 시간들이 너무 아까웠습니다.

태어난 모든 생명은 때가되면 새로운 생명에게 살 자리를 넘겨줘야 하는 게 자연의 이치라며 지금까지 살아왔던 것에 감사하던 당신. 치아 몇 개를 뽑고 다시 해야 한다는 의사에게, 얼마 살지도 못한다는데 돈 들여 해야 할지 모르겠다는 당신의 말에 얼마나 가슴이 아프던지요. 결국 두 달도 못쓰고 떠났지만 그때 해주길 잘 했다고 생각해요.

다른 봉사나 사회활동을 할 때는 몰랐는데, 암 투병을 하면서, 암이 이처럼 고통스러운지 몰랐다며, 암 환자를 위해 도울 수 있도록 내게 부탁도 했지요.

해외 근무를 많이 했던 당신이, 애들 자랄 때 같이 하지 못한 게 가장 큰 후회와 아쉬움으로 남아, 지난 여름 중국 여행 때 손자를 데리고 간 것은 참 잘 했어요.

생명 연장을 위한 의료행위를 단호하게 거부한 당신이 죽음보다 고통을 더 두려워해 호스피스 병실로 옮겼을 때 편안해 하던 당신 얼굴에서 나도 안심이 되었어요.

신부님의 임종을 준비하기 위한 병자성사와, 의사인 목사님의 기도와 돌봄을 받는 당신은 참 복이 많다는 생각이 들었습니다.

우리 가족 모두가 오래 전에 장기 기증을 신청했는데 암으로 사망한 당신은 어렵다고 해서 실천하진 못했어요. 저라도 몸 관리를 잘 해서 당신 뜻을 이룰게요.

떠날 날이 가까워오자 아들 딸 부부와 손주들과 그동안 얼룩졌던 상처들을 씻고, 형제와 가까이 했던 친구를 불러 화해와 용서와 위로를 주고받으며, 이젠 떠날 준비가 다됐다며 홀가분해 하던 당신. 참 부러웠어요.

장례식은 하늘나라에 가는 축제로 해달라는 부탁대로, 흰 국화가 아닌 화려한 꽃으로 장식했고 화환도 그렇게 보내 달랬지요. 시화전도 하고 당신이 살아온 길을 영상으로 보여주고 '열심히 산 그대 천국에서도 파이팅!' 하고 내가 보낸 꽃바구니와 '제 아버지여서 자랑스럽습니다. 사랑합니다.' 한 자식들의 꽃바구니도 보았지요? 옆에 있을 때의 당신보다 떠나간 당신이 너무 사랑스러워 날마다 당신 사진에 뽀뽀를 합니다.

그대 떠난 후

나를 향한 그대의 절절한 詩(시)들이 당연한 줄만 알았네. 그때는.
내가 부르면 어디에서든 가장 먼저 달려온 만만한 사람.
청하면 언제고 나만을 위해 즐겨 노래 불러 주던 사람.
싸우고도 서로에게 상처 준 게 가슴 아파 부둥켜안고 울던 사람.
이제는 유일한 내편이 이 세상에 없다는 게 나를 서럽게 하네.
나보다 오래 살아 끝까지 돌봐 주겠다는 약속을 어긴 건 그대.
사람들은 말하네. 빨리 잊으라고.
나는 그대를 잊을까 두려워 온 집안에 그대의 얼굴을 걸어 놓고
내게 남겨준 그대의 흔적을 더듬네.
내게 잘못한 것들이 너무 많아 몇 번을 죽어도 용서받기 어렵다는 그대가,

한번 죽은 것도 이처럼 가슴이 아려오는데 언제쯤일까, 그대와의 추억을 담담히 얘기할 수 있을 때가.

암이 야금야금 그대를 파먹어 갈 때도 내가 살아갈 수 있도록 준비시켜 준 그대.

일을 많이 해 투박해진 내 손이 너무 소중해 보물처럼 가슴에 안고 잔다는 그대의 마음을 떠나보내고 나서야 내 가슴에 전해왔네. 늦게 너무 늦게.

그대 떠나던 날 "그동안 사랑해 주어 고마워. 내가 잘못해 가슴 아팠던 모든 것을 다 용서하고 평안히 떠나 두려워하지 말고. 꼭 하느님 만나." 이 말이 끝나자 정말 편안히 간 그대. 왜 평소에는 자주 못했을까 고맙다는 아주 쉬운 얘기를.

지금은 하고 싶어도 들어줄 사람이 없어 눈물이 나네.

그대가 통장에 가득가득 채워준 사랑의 예금을 꺼내 쓰다가 바닥이 날 때쯤 그대를 만났으면 좋겠네. 그때쯤이면 약속을 어긴 그대를 추궁하지 않아도 될 것 같고 먼저 떠났다고 미안해하지 않아도 눈빛으로 모든 걸 이해할 수 있을 것 같네.

그의 칠순을 그렇게 치르고 손자와 조카를 데리고 중국 북경에 갔다. 손자는 중국어 공부를 한다. 할아버지가 북경에 데리고 간다고 약속했는데 지켜주지 못해서 내가 대신 그 약속을 지켜주기 위해서였다. 중학교 3학년인 조카는 어머니를 잃고 우울증에 빠져 학교를 자퇴했다. 잃은 상처는 시간이 지나야만 치유되는 아픔이다. 조카도 엄마를 잃고 얼마나 힘들었을지 공감이 간다. 진작 같이 왔더라면. 좋

은 것을 볼 때마다 생각나고 미안하다. 애들한테 들키지 않으려고 몰
래 눈물을 훔친다.

살아있는 자의
몫

　추석이 되자 대구에서 아들네가 올라왔다. 가장이라는 책임감이 드나 보다. 남편이 있을 땐 신경 쓰지 않던 집안의 일들에 신경을 쓴다. 첫 제사. 그가 평소에 좋아했던 음식으로 차려진 차례상. 맥주로 제주를 썼다. 맥주를 좋아했는데 냉한 음료라 몸에 좋지 않다며 못 마시게 했다.

　명절이라 애들이 모인 김에 말을 꺼냈다.

　"아버지가 바다에 뿌려 달라 하셨는데 다 모인 김에 같이 하는 게 좋겠다는 생각이다."

　여러 곳을 생각하다 길이 막히지 않은 가까운 곳을 택했다. 제부도다.

　아들, 며느리, 딸, 사위, 손자 손녀와 같이 소풍 가듯 일찍 떠났다. 물이 빠져 다시 들어오려면 몇 시간이 기다려야 한단다. 당시는 바다에 유해를 뿌리지 못하게 했다. 화장한 유해를 사람의 시체라는 좋지 않은 선입견 때문에 무섭다거나 불안해 한다.

영혼이 없는 육체는 자연의 일부이고 그래서 자연으로 환원해야 하는 게 순리인 듯하다. 망둥이 낚싯배를 빌렸다. 선주는 낚시 바늘 꿰어주느라 정신이 없는 사이, 나는 그를 바다에 보냈다. 맥주도 부었다. 가지고 간 사과를 안주로 썼다. 선주한테 사실대로 말하면 좋아하지 않을 것 같아서다.

솔직히 유해를 뿌린다고 바다가 오염되겠는가. 공해 물질이 바다를 오염시키는 것이지. 인간이 만든 것이 오염의 주범이지. 하느님이 만든 것은 세상을 오염시키지 않는다.

"할아버지도 같이 왔으면 참 좋았겠다."

전에 바다낚시를 갔다가 게를 잡은 게 재미있었다며 손자가 말했다.

"그래, 할아버지도 같이 하셨을 거야."

"할아버지 보고 싶다."

"할아버지 덕분에 좋은 추억 하나 만들었네."

"우리 다음에 또 와요. 망둥어 잡으러."

"할아버지 보고 싶으면 또 오지 뭐."

모두들 즐거워했다. 그게 그가 원하는 모습일 거라 생각했다.

남편이 제일 사랑했던 처제. 동생과 울릉도에 갔다. 그가 울릉도를 예약해 놓고 못간 게 두고 아쉽다. 동생과 같이 동해 바다에 그를 보냈다.

"당신이 와보지 못한 울릉도 이제라도 봐. 공기도 좋고, 물도 맑고, 좋아하는 오징어도 많고, 관광객도 많네."

돌아가신 사람에 대한 의식은 살아있는 사람의 위안일 것이다.

그렇게라도 하지 않으면 마음이 편하지 않을 것 같은.

불현듯 인도에 가고 싶었다. 오래전부터 남편과 계획했던 여행이었다.

"엄마도 아버지 만날 시간이 많이 남지 않았거든. 하고 싶은 게 있으면 지금 해. 미루다간 항상 미련만 남아. 조금이라도 기력이 있을 때 다녀와요."

딸의 말이다. 그렇다. 살아있는 사람은 현재만 쓸 수 있다.

"나는 가고 싶은데 다 가 보고 죽을 때 바다에다 뿌려달라고 하지 않을게."

인도에 갔다. 혼자 처음 가는 여행이다. 여자들은 남편하고 같이 여행을 다니고 싶어 하지 않는다. 다녀온 후 싸움과 상처만 남기 때문이다. 그러나 나는 그와 같이 가야 안심이 된다. 필요한 것을 다 해결해 주기도 하고 가장 친한 친구 같아서다. 전부라고는 할 수 없지만 그랬다. 또한 아무리 친한 친구라도 내 맘에 다 드는 사람은 없지 않은가?

다행히 인도여행에서 서로를 이해할 수 있는 대화가 통하는 짝을 만났다. 혼자 여행을 잘 다닌다는 그녀는 예술가인 듯하다. 네팔을 거쳐 인도로 들어가는 코스다. 네팔 포카라에 있는 산이다. 히말라야 산맥과 안나푸르나네 산이 있는 하얀 설산은 경이롭다. 그곳의 해맞이는 황홀하다. 해가 뜨면서 하얀 산이 분홍빛으로 변해가는 모습을 나 혼자 보기에는 너무 아깝다. 숨이 멈추는 이 광경에 간절히 남편이 그립다. 보여주고 싶다. 가슴에 품고 왔던 유해를 그곳에 뿌렸다.

"여기는 세계 관광객들이 많이 오고, 아침 해를 제일 먼저 볼 수 있고, 설산도 장관이네. 당신 외롭지는 않을 거야."

인도를 여행하면서 삶과 죽음에 대해 생각하는 시간을 가졌다.

인도인들은 태어나는 순간부터 죽음을 준비하는 사람 같다.

급할 것도 없다. 버리고 가는 물질에 집착하지도 않는다. 모든 동물과 사람도 한 종류인 것처럼 생각하는 것 같다. 그대로 순응하며 받아들이는 초연함이 두렵기도 하다. 그러면서도 세계에 주목 받는 아이티 문화라든가 성장속도는 무섭다. 또한 그들의 광범위한 정신세계는 이해하기 어려운 일이다.

갠지스 강에서 그를 보내는 의식을 가졌다. 이 강은 인도양으로 흐르니 남편의 뜻에 딱 맞겠다. 경건한 죽음을 준비하기 위해 몇 달을 걸어오는 순례자들이 있다. 주변의 건물에는 죽음을 준비하려 몰려드는 사람들을 위한 방이 많이 있다고 한다.

밤에도 화장하는 불길이 어둠과 조화를 이루어 이채롭다. 그들은 강가 지정된 장소에서 강물에 시신을 담가 씻긴 후 장작 위에 올려놓고 화장을 한다. 화장터는 밤낮없이 사용된다. 하기야 죽음은 시간을 선택하지 않는다. 배를 빌려 좀 떨어진 곳에서 그를 강에 보냈다. 맥주도 따랐다. 꽃송이를 하나씩 따서 그와 함께 보냈다. 영혼을 위해 날마다 기도하는 이곳은 외롭지 않을 것 같다.

"넓은 데 가서 당신이 보고 싶은 세상 구경 다 해."

딸 내외가 방학이 되자 태국에 갔다. 국제 전화가 왔다.

"엄마! 지금 아빠를 보내드리고 있거든. 맥주도 샀어. 아주 근사한 호텔 앞 해변가인데 비키니 입은 여자들도 많아. 아빠가 좋아하실 거야."

"야! 네 아빠 정신없겠다야!"

그렇게 그를 보내고 있다.

그는 지금 잘 있겠지. 집에 들어오고 나갈 때마다 나는 그의 이마에 뽀뽀를 하고 하루를 그와 얘기한다. 나는 아직 그를 완전히 보내지 못했나보다.

그는 2009년 5월에 암 진단을 받고 2011년 8월에 떠났다.

1년 후에 문인들과 같이 그의 시비 제막식을 가졌다. 그와 약속한대로 3년 후에 내 시집을 내면서 그의 유고집 『삶, 그 찬란한 아픔이여!』를 출판해 남편의 생일날을 기념하여 출판기념회를 가졌다.

살아있는 사람이 해 줄 수 있는 것은 많지 않았다.

갠지스 강에서 그를 보내다

이지선

숨 쉬고 있음이 살아있음은 아닐 것이라는,
죽음은 단지 이 세상에 없음은 아닐 것이라는,

태어날 때부터 떠나기 위해 긴 여정을 준비하는
보이는 현세를 버릴 줄 아는 사람들의 강 갠지스에서
그대를 보냈네
강에 떠 있는 꽃바구니 촛불이
기도한 영혼인 양 강물에 반짝일 때
그대 좋아하는 맥주로 강물을 희석하고
글라디올러스 꽃송이를 그대에게 보내면서
그대가 내 안에 남아있는 동안은
죽은 자와 산 자가 같이 지낼 수 있음을

강물이 바다에 닿을 때
바다에서 기다리는 그대를 만나러
강이 되어 흐르려네

이제
내 차례다

사람들은 의연하게 생활하는 나더러 씩씩해서 좋다고 한다. 겉에 모습만 보았을 때다. 현관문을 열고 들어올 때의 냉기. 사람소리가 없는 적막함. 어느 때는 텔레비전을 그냥 틀어놓기도 한다.

그래도 잘 견딜 수 있었던 건, 그가 내게 남겨진 모습들이 아름다워 두고두고 추억하면서 가슴 가득 차오르는 충만함이 있었기 때문이다. 그가 원하는 건 애통해 하는 내 모습이 아니라, 자기를 잊지 않으면서도 행복하게 사는 모습일 것이다.

그의 빈자리를 내가 채워가며 열심히 살려고 노력한다. 지역사회에서 그가 했던 일들. 지역신문에 칼럼을 쓰던 것이며 효도회를 도와주던 일을 지금은 내가 하고 있다.

그와 같이 일하던 분들과 같이 일하면서 남편의 생전 모습들을 회고하며 나도 하루하루 나의 죽음을 연습하는 중이다. 죽음 연습이라는 게 다름 아니고 오늘 하루를 후회 없이 살려고 한다는 것이다. 내가 하는 농장에서의 수입 외에 사회에서 하는 일은 봉사차원이다. 내가 할 수 있는 일이라면 거절을 하지 않는다. 이런 내 모습이 다른 사람의 눈에는 슬픔이 없는 여자로 보였을 것이다.

남편이 떠날 준비를 하던 중에 들리는 또 하나의 슬픔은 큰올케의 암 선고였다. 불행은 떼 지어 온다더니 아픔이 가실 사이가 없다. 둘째 딸 결혼식을 마치고 자꾸만 통증이 심해져 약국에서 위장약만 먹었는데 더 이상 듣지를 않았다. 병원에 가 진찰을 받으니 자궁에 염증이 심하다고 수술을 해야 한다고 했다. 요즘 자궁수술쯤은 별 게 아니다 싶어 간단히 수술을 하면 괜찮겠지, 그중에 다행이네 했다.

열어보니 자궁의 문제가 아니었다. 큰 병원에서 다시 정밀검사를 하니 대장에서 생긴 암이 온몸에 퍼져 손을 쓸 수가 없었다. 그동안 대장검사를 하기가 힘들다는 핑계로 한 번도 안했다는 것이다.

가족들은 이 사실을 본인한테 숨기고 자궁의 혹을 떼어냈다는 식으로 감추었다. 처음엔 다니던 직장에 병가를 냈다가 오래 가게 되니 퇴직을 했다. 나는 본인한테 사실을 알려야 한다고 했지만 가족들은 알리면 그 충격에 더 힘들어 할 거라며 한사코 반대했다.

딸들은 어떻게 해서라도 어머니를 살려야 한다는 일념으로 좋다는 것은 다 했다. 천만 원이나 하는 산삼주사를 맞히겠다고 했을 때 나는 말렸다. 이제는 다 소용없는 일이라고 냉정하게 말해 주었다. 그 비용으로 지금 해야 하는 것은, 가족들과 즐겁게 지내는 것. 못 가봤던 가족여행을 같이 간다든가, 먹고 싶은 것을 같이 먹고, 하고 싶었던 것을 하게 해주는 게 더 필요하다고 조언을 했지만 야속하다는 소리만 들었다.

나도 그 심정을 안다. 몇 천 명 중에 한 명의 기적이 내 엄마이기를 바라는 간절한 마음을. 이곳저곳 좋다는 곳에 다니면서 수천만 원의 돈을 버렸지만 자꾸만 악화되어갔다. 그래도 본인한테 사실을 알리지 않았다.

회복가능성이 없으니 이제는 알려 본인이 죽음 준비를 할 시간을 주어야 한다고 다그쳤다. 동생은 차마 못하겠다고 한다. 너무 잔인하지 않으냐고. 그렇다고 본인이 전혀 모르지는 않을 것이지만 '당신이 죽을 거다' 하는 사형선고를 어떻게 말하느냐며 울먹였다.

호스피스 병실을 찾아보라고 했지만 그곳에는 없다고 한다. 내가 얘기하겠다며 내려갔다. 몇 번인가 찾아갔지만 그 말을 못하게 해서 그냥 올라왔다. 시간이 얼마 남지 않았다. 의식이 있을 때 준비를 해야 하는 게 맞을 것이다. 이제 59세다. 고생의 끝 지점에 다다랐는데 운명은 때로는 잔인하다.

"올케, 그동안 고생 많았어. 어려운 맏며느리로 와서 큰일 작은일 다 치르며. 만만치 않은 시어머니 남편 보필하면서 고생한 거 잘 알아. 힘들었지?"

야윈 몸을 안아주면서 말했다. 올케의 눈가에 이슬이 맺힌다.

"형님은 항상 제 편을 들어 주어 고마웠어요. 그동안 말로는 못했지만 형님이 계셔서 든든했어요. 아들 장가도 보내야 하고 할 일이 많은데 이제 늦은 것 같아요."

"남은 사람은 자기네들이 알아서 살아. 이제는 마음의 준비를 해야 할 것 같아."

"저도 알고 있었어요. 아무도 말을 안 해주어 모르는 척 했지만. 형님, 막상 떠나려고 하니 걸리는 게 있어요."

"뭔데?"

"제가 성당에 다니다가 직장에 나가느라 못 다니게 되었거든요. 성당 식으로 장례를 하고 싶어요. 신부님도 뵙고 싶고요."

나는 서둘러 성당에 찾아가 일을 진행했다. 신부님과 수녀님이 오시어 병자성사도 주시고 성체도 영했다. 그제야 애들도 현재의 모습을 인정하고 받아들였다.

올케는 음식솜씨가 좋아 대학 구내식당 조리사로 근무했다. 늦은 나이에 조리사 자격증을 취득했다고 자랑을 하곤 했다. 남편을 불러 자기가 없을 때를 대비하기 위해 음식 만드는 연습을 시켰다.

동생은 입이 까다로워 아무데서나 밥을 먹지 않는다. 무엇을 어떻게 넣고 찌개를 끓여오라고 하면 동생이 시키는 대로 찌개를 끓여온다. 맛을 보고 무엇을 더 넣어야 하는지, 양념은 어떻게 넣어야 하는지의 훈련을 시켰다. 밥은 어떻게 하고, 무슨 반찬은 참기름을 넣어야 하고, 어느 것은 들기름을 넣어야 하는지. 남편이 좋아하는 음식을 일일이 훈련을 시키고 연습하게 했다.

8개월 전에 결혼한 사위는 어떤 음식을 좋아하며 성격이 어떠니 어떻게 하라는 처방도 내려주었다. 큰사위는 무슨 음식을 잘 먹으니 어떻게 만들어 주라는 식이다. 또한 아직 자리를 잡지 못하고 재수하겠다는 아들과 싸우지 말고 아침저녁 잘 다독여주어야 한다는 부탁까지. 부모님 제사상은 어떻게 차리고 준비하는 과정을 받아 적게 하여 살림의 노하우를 넘겼다. 다행히 의식이 있을 때 가족들과도 회포를 풀었다. 형제들과도 그랬다.

그렇게 보내고 나서 조카딸이 말했다.

"지금 생각하니 고모 말이 맞는데 그때는 참 야속했어요. 엄마를 죽으라고 방치하라는 소리로 들렸거든요. 같이 여행 한 번 못하고 보내드린 게 제일 후회가 돼요. 돈은 돈대로 버리고⋯⋯. 제 친구도 엄마가 아프다고 경험 있는 나한테 물어 와서 고모처럼 얘기해 주었어요. 말기일 경우 다 소용이 없으니 가족끼리 좋은 추억을 만들라고요."

누구나 처음 당하는 일에 그게 가장 사랑하는 사람일 경우에는 감정이 앞서기 때문에 냉정해질 수가 없다. 그러기에는 평소에 많은 수련과 준비를 해야 한다.

몇 개월 후에 이번에는 제부를 보내야 했다. 좋은 집을 샀는데도 얼마 살지도 못하고 갑자기 찾아온 암이다. 가족들은 본인한테 알리지 않고 위염이라고 수술을 했다. 재발이 되었을 때도 괜찮다더라고 안심을 시켰다.

신앙이 없는 제부는 죽는 날까지 죽음을 받아들이지 않았다. 가족들도 차마 얼마 남지 않았다는 소리를 직접 하지 못하고 은유적으로 말했지만 못들은 척 하더라는 것이다. 죽을 때까지 가족들한테 아무런 말을 안했다.

자식과 손자들이 혹시나 무슨 말을 할까 대기하고 기다리고 있었지만 숨이 넘어갈 때까지 입을 다물고 있었다고 한다. 죽음을 외면한 것이다. 하도 답답해 동생이 하고 싶은 말이 있으면 애들한테 말하라고 했지만 입을 꼭 다물고 눈을 감아버리더라고 했다.

병실에서도 아무도 못 만지게 끝까지 쥐고 있던 머리맡 지갑에는 300만 원의 현금이 있었다. 여러 명의 손자들도 있었지만 그 지갑에는 얼씬거리지 못했다. 죽으면 소용이 없는 돈을 자식이나 손주들한 테 기분 좋게 주고 갔으면 얼마나 좋았겠느냐고 동생이 말했다.

자식들도 모두 효자여서 평생 동안 큰 고생은 하지 않은 사람이다. 대신 동생이 결혼해서 지금까지 살림을 책임졌으니 양심이 있으면 그동안 고생했다고 손이라도 꼭 잡아주고 갔어야 했다. 그게 그렇게 어려웠는지 모르겠다며 서운해 하는 동생을 보면서, 떠난 사람도 남은 사람도 가슴에 멍이 들어 쉽게 풀어지지 않을 듯 했다.

자식들도 허전한 건 마찬가지다. 초상을 치르고 처음에는 불쌍하고 가엾다는 생각에 눈물이 나더니 시간이 지날수록 분하고 미운 생각이 든다고 한다. 가슴에 응어리가 그대로 뭉쳐 있는데 풀어야 할 상대가 없으니 그 감정이 미움으로 변한 것이다.

"고생 많이 했어. 고마워. 이제는 힘들게 살지 말고 애들하고 행복하게 살다 와."

이렇게 한마디만 하고 갔으면 그동안의 고생한 것들이 사르르 녹아 버렸을 것을 그 한마디가 죽어가면서까지 하기 싫었는지 쥐뿔 자존심 지킬 것도 없으면서 자존심 때문이었는지 모르겠다고 화를 내곤 했다.

형제들이 많다보니 어려운 일도 많다. 나이가 들어가니 기쁜 일보다는 문병에 문상 가야 하는 일도 많다.

꽃들이 화창한 5월에 그동안 연락을 끊고 소식이 없던 둘째 동생이 농장에 들어선다. 성격이 착해 부모님이 노후를 의탁하고 싶어 했던 동생이다. 이 동생은 부모보다 내 손길이 더 간 동생이다. 착하지만 단호하지 못한 성격은 형제들과 주변 사람들에게 많은 경제적 정신적 피해를 주었다.

"누나가 나를 키웠으니 보낼 때도 누나가 챙겨서 보내야 해."

폐암 말기 진단을 받고 일하는 농장에 찾아와 하는 첫 말이다.

"네 누나에게 날마다 소 한 마리씩 잡아줘도 은혜를 못 갚는다고 어머니가 그러셨는데 넌 닭도 한 마리 안 잡아 주었는데 그게 무슨 소리야?"

"내가 시간이 없대."

남의 얘기하듯 하는 동생은 호탕하게 웃고 있다. 간호사로 있는 조카딸이 내게 나지막이 말한다. 의사의 말은 이대로 두 달 남았다고 하는데 아빠는 아직 여유가 있는 듯이 안다고.

수술하기에도 늦었고 본인도 치료를 거부했다. 5개월 후에 조카 결혼식 날을 잡았다. 자기가 있을 때 딸애 남편감을 찾아주려고 여기저기 중매를 요청하지만 본인의 뜻과는 다르게 이루어지지는 않았다.

이제 막 환갑이 된, 아직은 이른 나이다. 부모님의 결혼 반대로 우리 부부가 서둘러 결혼을 시킨 후에 그들의 삶이 평탄하지 않아 얼마나 내 마음이 아팠는지. 이제는 나 보고 자기의 죽음을 지켜봐 달라고 한다.

동생은 그대로 떠나기가 미안했던지 한 시간이나 버스를 타고 농장에 온다. 무언가 도와주어야 한다는 생각인가 보다. 환자가 할 수 있는 일이라는 게 뭐 있겠는가. 삽을 들었다 놨다 호미를 들었다 놨다. 열매를 따준다고 나름 열심히 수선댄다.

도움이 되는 일도 아니지만 나는 고맙다고 과잉응대를 해 준다. 나는 안다. 동생이 나한테 조금이나마 빚을 갚고자 하는 마음임을. 그게 떠나는 본인의 마음이 조금이나마 편안하다면 모른 척 한다.

동생은 아들의 결혼을 보고 싶어 간단한 치료만 받았다. 그동안 준비를 했다. 냉담했던 성당에도 나가 고해성사도 보고 주변 정리도 하고 형제들과의 상처들도 화해로 아물었다. 아들 결혼식을 치루고 한 달 만에 떠났다. 폐암에 폐렴은 치명적이다. 임종 실에서 이틀을 동생과 함께 했다. 다행히 동생은 잘 받아들였다.

"저승에서 네 매형을 만나거든 나 잘 있다고 걱정 말라고 해. 부모님에게도."

동생이 고개를 끄덕였다. 숨을 쉬기가 어려워 헐떡인다.

"두려워하지 마. 그곳은 이곳보다 더 아름답대."

"누나 자고 가지. 하기야 내 집도 아니고. 잘 데도 없네."

해가 지자 동생의 마지막 말이다. 내일 오겠다고 말하고 병실을 나왔다. 좁은 병실은 나보다는 가족의 자리 같아서다. 수원역전의 밤거리를 배회했다. 젊음이 넘치는 불빛은 나를 더 외롭게 했다. 그날 밤 동생은, "나 이제 잘래." 하고 눈을 감았다고 한다. 그래 긴 잠을 시작한 것이다.

딸이 다섯 살 때다. 낮잠을 자다 벌떡 일어나더니,

"엄마, 나 이제 알았다. 자다 일어나면 살아있는 거고 그대로 자면 죽은 거야."

그렇게 말하고는 다시 쓰러져 잤다. 무심코 들은 그 말이 지금도 생생하다.

아침에 일어나면 또 하루의 삶이 연장되는 것이고, 일어나지 못하면 그대로 삶이 마감하는 것이 우리의 처지다. 그런데도 너무 긴 희망과 약속을 하고 계획을 하고 있지 않나 생각해 본다.

나는 남편을 생각할 때마다,
"고마워. 잘 있지?"
하고 사진에 뽀뽀도 해주고 이따금씩 손을 흔들어 준다. 그가 나한테 남겨준 따뜻한 사랑이 내 안에 항상 살아있기 때문일 것이다.

힘들 때 내가 가장 존경하는 친구를 생각한다. 친구라고 하면 친하다는 게 친구이지만 친구 중에도 존경하는 친구와 그냥 친구가 있다. 나하고 동갑인 그 친구는 아들만 둘이다. 24세에 결혼하여 30세에 어린 두 아들만 남았다.

결혼 전부터 신장이 하나만 있는 남자와 부모의 반대를 무릅쓰고 결혼했다. 불행히도 나머지 신장이 문제가 생겨 의술이 좋지 않던 그때 죽음을 맞이했다.

그녀의 남편은 그 당시에 잘 나가는 엘리트였다. 그녀가 애들 때문에 집에 잠깐 들렀을 때 남편이 죽었다 한참 후에 깨어났다는 의사의 말을 들었다고 한다. 그 상황을 남편이 사실처럼 이야기 해 주더라고 했다.

—자기 몸에서 또 다른 자기가 천정으로 떠올라 가더니 자기의 몸을 쳐다 보았다. 아무런 마음의 동요가 없이 천정에서 자기를 바라보는데 병실에 있던 자기 형님이 다급하게 의사를 불렀다.

의사와 간호사가 달려와 침대를 움직여 복도로 달렸다. 자기도 침대에 실린 몸을 따라갔다. 칸칸이 벽이 막혀 있는데도 저절로 몸이 그 벽을 통과해서 본인도 놀랐다.

의사가 몸을 흔들었다 그러는 동안 자기의 몸이 어디론가 빠져 나가고 있음을 알았다. 그때 이렇게 가면 못 올 것 같은 생각이 들어 간절히 염원했다. 어린 두 아들을 보고 가게 해 달라고—. 그러고 나서 그는 깨어났다.

그 말을 사실처럼 친구에게 하면서 그때 형이 한 말과 의사가 한 말, 그리고 의사가 어디에서 어떻게 했는지를 정말 본 것처럼 이야기해 의사와 모두가 놀랐다고 한다. 그때는 영혼에 대한 관심도 없었고, 그런 사례도 들어보지 못해 이해를 못했다고 한다.

친구의 남편은 두 아들을 안아보고 모두에게 작별인사를 하고 그렇게 떠났다. 그녀는 두 아들을 잘 키워 큰아들은 신부가 되었다. 그 사례가 지금은 임상체험이라는 학문으로 선진국에서는 연구가 되고 있다.

그리움

이지선

임 가신 곳 하도 멀어서

밤새도록 걸어도 만날 수 없어

눈 뜨면 제자리에 다시 와 있네

준비는
살아있을 때 해야

　무슨 일이든 할 수 있다는 것은 살아있을 때라는 전제조건이 붙는다. 아무리 위대한 일도 역사를 바꾸는 중대한 계획도 죽어서는 이룰 수가 없다. 이런저런 일을 겪으면서 이제는 나를 준비해야 한다는 생각을 했다. 다행히 시에서 예산을 받아 능곡노인복지관에서 참살이 교육을 한다기에 일차로 신청을 했다.

　웰빙(Well being): 잘 먹고 잘 살고
　웰에이징(Well aging): 잘 나이 들어가고 잘 늙어가고
　웰다잉(Well dying): 잘 준비하여 잘 죽는 것

　이 모든 것을 아울러 참살이인 것이다.
　웰빙이라는 소리는 너무 자주 듣게 된다. 건강식품이나 친환경 먹거리를 먹는 것에만 웰빙으로 착각하다 보니 상업적으로 변질된 부분이 없지 않다. 잘 먹는 것도 중요하지만 건강하게 살아가는 것, 육

체만이 아니라 정신 영혼까지 건강한 게 중요한 것이다.

웰에이징은 아름답게 나이 들어가고 품위 있고 너그러워지는 삶. 시간이 지나서 저절로 늙어가는 게 아니라 늙어 감을 관리하고 주변과 이웃에게 자비의 손을 내밀 수 있는 연습을 하면서 나를 닦아내는 수련의 과정을 지내야 하는 시기다.

돈이 있어야 베푸는 줄 알지만 돈이 없어도 할 수 있는 게 참 많다. 격려해주고, 칭찬해주고, 들어주고, 웃어주고, 안아줄 수는 있다. 내가 없는 것은 줄 수 없기에 항상 내 안에 저금이 필요하다. 그 저금이 돈이 아니고 배려와 사랑과 행복을 통장에 가득 채워 언제고 꺼내서 필요한 사람들에게 줄 수 있는 게 웰에이징이라 생각한다.

웰다잉은 이 두 가지의 삶의 결과이다. 좋은 씨를 뿌리면 좋은 열매를 맺지만 나쁜 씨를 뿌려놓고 좋은 열매를 기대하는 사람은 참으로 염치없는 사람일 것이다. 살아오면서 우리는 체험으로 알고 있다. 공짜는 없다는 것. 혹여 공짜를 받을 경우에는 더 혹독한 대가를 치러야 한다는 것을.

다양한 교육을 받으면서 죽음을 준비하는 과정 중에도 많은 걸 생각하게 했다. 수의는 굳이 삼베로 해야 하는가? 옛 어른들은 삼베가 가장 싸고 흔한 천이라서 그걸 사용했을 것이다. 또한 자연장을 하기에 자연으로 썩는 삼베가 안성맞춤이었겠지만 지금은 80% 이상이 화장을 한다. 평상시에 본인이 아끼고 즐겨 입는 옷으로 하면 더 편안하지 않을까?

묘지에 견학을 가보았다. 서울, 경기도에 있는 공원묘지는 만원이다. 요즈음 뜨는 수목장은 그 뜻과 취지와는 달리 상업적으로 변질되어 좋은 소나무 한 그루에 억대를 호가 하는 곳도 있고, 납골당에도 특석이 있다. 그곳은 유골항아리 한 구를 안치하는데 수천만 원을 호가한다. 과연 죽은 사람을 위한 배려인가 의문이 간다.

요즈음은 자연장이라고 하여 흙에 묻히면 저절로 산화되는 전분으로 만든 항아리에 유골을 넣어 묻으면 자연으로 돌아가게 되는 것도 있다. 자연으로 돌아가는 게 가장 자연스러운 것 같다는 생각을 해본다. 우리의 육체도 자연을 먹고 자연 안에서 살다가 떠나는 자연의 일부이기 때문이다.

그러기 위해서는 그동안 엉켜있던 매듭을 풀어야 하고 화해와 용서를 어떻게 해야 하는지를 배웠다. 죽음을 받아들이고 잘 죽기 위해서는 잘 사는 게 우선이다. 잘 살아야 하기에 남은 시간을 소중하게 보내야 한다. 그동안은 그랬으면 좋겠는데 하면서 내일로 미루어 왔던 일들을 오늘 실천해야 한다는 생각이다.

마음에 걸려있던 분들은 찾아뵙고, 친척 어른들에게는 돌아가시고 장례식장에서 뵙지 말고 살아있을 때 밥 한 끼라도, 적은 용돈이라도 드리기를 실천했다.

죽기 전에 하고 싶은 나의 버킷리스트를 적어 벽에 붙여놓고 자주 확인해 본다. 지금 실천하고 있는지. 오래 걸리는 것보다는 일 년 안에 하고 싶은 것을 우선으로 한다. 손녀와 함께 여행하기는 실천했다. 며느리와 함께 피정하기도 지난여름에 가고 싶었던 제주도 이시돌 피정의 집에서 아들과 같이 했다.

휴가를 아들딸네 가족들과 같이 하기, 아프리카에 우물 파주기, 감사와 웃음 짓기를 생활화 하기, 이런 등등의 계획은 내 삶을 긴장하게 하고 활기를 가지게 했다.

또한 후·아·유(후회 없는, 아름다운, 당신의 인생을 만드는) 강사단이 되어 양로원, 경로당, 아동복지센터, 복지관에 가서 그동안 배우고 체험했던 것을 나름대로 열심히 강의하기도 했다. 그러면서 스스로를 닦아갔다. 그동안 내가 겪은 힘든 일들이 어르신들에게는 도움이 많이 되었다는 이야기를 들을 때마다 내가 해야 하는 일이 무엇인지 알아갔다.

이따금씩 슬픔이 나를 찾아올 때도 있다. 몸이 아플 때마다 혼자서 방 안에 누워있을 때. 여행에서 돌아와 잠겨있는 문을 열고 들어설 때의 밀려오는 외로움. 자다 일어나 한밤중에 눈떴을 때, 달빛이 방 안에 가득한데 혼자서 그 안에 누워있을 때, 그런 때는 큰 화장대 거울 앞에 서서 나를 위로한다. 나를 꼬옥 껴안고 다독인다.

"이지선! 너는 대단해. 그동안 잘 참고, 잘 견디고, 잘했어. 나는 너를 사랑해. 앞으로도 화이팅!"

어르신들에게도 이렇게 자신을 위로해주며 자신을 안아주고 다독여주라고 한다. 또한 며느리나 친구나 자식에게도. 이렇게 연습을 시키면 어느 할머니는 흑흑거리고 우신다. 그동안 누구한테도 위로받지 못한 감정이 튀어나와 스스로가 치유를 하는 것이다. 특히나 남자들, 아들들을 우선시 하던 시절에 사신 어르신들의 마음속에는 엉켜있는 한이 풀어내질 못해 분노로 표출되기도 한다.

이런 문제들을 지역신문에 칼럼으로 기고하기도 하고 글을 써 발표하기도 한다. 요즈음은 호스피스 완화치료에 대한 법적인 문제가 좋은 방향으로 나아가고 있어 이를 적극 알리고 있다. 그동안은 인식이 부족하여 기피했던 것들이 마음을 열고 교육을 받으면서 차츰 나아지는 것을 느낀다.

다행히 시흥은 호스피스 병동이 있어 안심이다. 남편의 투병생활을 지켜보면서 사전의료의향서를 미리 적어두었다. 명절에 자식들이 다 참석했을 때 봉투를 하나씩 주었다. 내용을 읽던 아들이 말한다.

"아니, 엄마. 아직은 이르잖아요. 지금부터 무슨 죽는다는 걸 준비해요?"

"준비한다고 일찍 죽는 것도 아니고, 안 한다고 늦게 죽는 것도 아니지만, 내가 정신이 있을 때 너희한테 정확히 알려야 막상 일을 당하면 너희들이 당황해 하지 않는다. 하나는 언제든지 볼 수 있도록 거울 앞에 붙여두마."

사전의료의향서도 많은 사람한테 복사를 해서 나누어 주었다. 신문에도 칼럼을 냈다. 의외로 많은 사람이 공감한다며 자기들도 생각을 다시해보겠다고 한다.

스티브 잡스가 임종을 앞두고 병상에서 과거를 회상하며 마지막으로 남겼다는 글이 나를 뭉클하게 했다. 너무 절절히 가슴에 와 닿았다. 여러 사람에게 알리고 싶어 카톡으로 날려 보내기도 했다.

— 나는 사업의 최 정점에 도달했었다. 다른 사람들 눈에는 내 삶이 성공의 전형으로 보일 것이다. 그러나 나는 일을 떠나서는 기쁨이라고

는 거의 느끼지 못한다. 결과적으로, 부라는 것이 내게는 그저 익숙한 삶의 일부일 뿐이다.

지금 이 순간에, 병석에 누워 나의 지난 삶을 회상해 보면, 내가 이토록 자랑스럽게 여겼던 주위의 갈채와 막대한 부는 임박한 죽음 앞에서 그 빛을 잃었고 그 의미도 모두 상실했다.

어두운 방 안에서 생명보조 장치에서 나오는 푸른빛을 물끄러미 바라보며 낮게 웅웅거리는 그 기계소리를 듣고 있노라면 죽음의 사자의 숨길이 점점 가까이 다가오는 것을 느낀다.

이제야 깨달은 것은 평생 배 굶지 않을 정도의 부만 축적되면 더 이상 돈 버는 일과 상관없는 다른 일에 관심을 가져야 한다는 사실이다. 그건 돈 버는 일보다 더 중요한 뭔가가 되어야 한다는 것이다. 그건 인간관계가 될 수 있고, 예술일 수도 있으며, 어린 시절부터 가졌던 꿈일 수도 있다.

쉬지 않고 돈 버는 일에만 몰두하다 보면 결과적으로 비뚤어진 인간이 될 수밖에 없다. 바로 나같이 말이다. 부에 의해 조성된 환상과는 달리 하느님은 우리가 사랑을 느낄 수 있도록 감성이라는 것을 모두의 마음속에 넣어 주셨다.

평생에 내가 벌어들인 재산은 가져갈 도리가 없다. 내가 가져갈 수 있는 것이 있다면 오직 사랑으로 점철된 추억뿐이다. 그것이 진정한 부이며 그것은 우리를 따라오고 동행하며 우리가 나아갈 힘과 빛을 가져다 줄 것이다.

사랑은 수천 마일 떨어져 있더라도 전할 수 있다. 삶에는 한계가 없다. 가고 싶은 곳이 있으면 가라. 오르고 싶은 높은 곳이 있으면 올라가 보아라. 모든 것은 우리가 마음먹기에 달렸고 우리의 결단 속에 있다.

어떤 것이 세상에서 가장 비싼 침대일까? 그건 병석이다. 우리는 운전사를 고용하여 운전할 수도 있고, 직원을 고용하여 우릴 위해 돈을 벌게 할 수도 있지만, 고용을 하더라도 다른 사람에게 병을 대신 앓도록 시킬 수는 없다. 물질은 잃어버리더라도 되찾을 수 있지만 절대 되찾을 수 없는 것 하나 있으니 바로 '삶'이다.

현재 당신이 인생의 어느 시점에 이르렀든 상관없이 때가 되면 누구나 인생이라는 무대의 막이 내리는 날을 맞게 되어 있다. 가족을 위한 사랑과 부부간의 사랑 그리고 이웃을 향한 사랑을 귀히 여겨라. 자신을 잘 돌보기 바란다. 이웃을 사랑하라. -

성공과 많은 재산을 가지고 있으면서도 영혼은 살 수 없었던 스티브잡스의 말이다.

▮ 칼럼 ▮

🍃 아름다운 마무리를 준비하며

🍃 죽음 준비를 공론화해야 한다

🍃 결혼·장례 문화, 개선해가야 한다

아 · 름 · 다 · 운 · 이 별

아름다운 마무리를
준비하며

노인들의 내일이 걱정스럽다

요즈음은 노인들이 모여 노인들을 걱정한다. 예전에 마을 어른으로써 마을의 중대사를 결정하고 질서를 바로 잡는 존경받던 어르신들이 아니라, 가족과 사회와 국가적으로 문제가 되는 게 노인이다.

주변의 어르신들 중에는 젊어서 열심히 살았고 자식들도 잘 키웠고 남은 집 한 채로 그럭저럭 80까지 살아온 분들도 있다. 그쯤 되니 자식도 노인이 되어 그 자식의 도움을 받아야 하는 처지가 된다. 부모를 돌볼 여력이 없는 것이다. 있는 집을 팔아 전세로 가고 남은 돈을 생활비로 까먹다가 90이 넘으니 다시 월세로 내려앉는다.

그래도 이런 노인은 다행에 속한다. 자식이 노후를 보장해주리라 굳게 믿고 자식에게 모든 걸 털어준 노인들의 노후는 너무 비참하다. 자식이 불효자식이라서가 아니라 자식의 삶도 불안하고 또 그 자식을 책임져야 하는 다급한 상황인 것이다. 젊은이들은 나이 들면 돈 쓸 일이 없는 줄 안다. 병원비가 너무 많이 든다. 어쩌면 의사나 약국을 먹여 살리는 게 노인들이지 않나 생각된다.

떠날 준비는 하고 살아야

주변 사람들이 한 분씩 떠나가는 나이가 되다 보니 나도 떠날 준비를 해야 한다는 생각을 한다. 살아있는 모든 생명은 태어나는 순간 죽음도 같이 태어났다. 그러기에 동물들은 자기의 죽을 때를 알고 죽음의 자리를 준비한다고 한다. 그런 것을 보면 사람들보다 더 낫다는 생각을 해본다.

사람들은 죽음에서 자기만은 예외일 거라는 착각을 하고 싶어 한다. 덜 성숙한 사람이다. 인류역사상 죽지 않은 사람은 없듯이 당연히 내 차례가 올 것을 의식하며 사는 사람은 하루하루를 충실하게 살아간다.

어느 날 갑자기 죽음이 찾아왔을 때 자식들이 당황하지 않도록 내 의견을 밝혀 두는 게 좋겠다는 생각을 했다. 글로써 기록을 해 놓아야 자식들이 법적으로 문제를 당하지 않을 것 같아 네 부를 작성해서 애들한테 한 부씩 주고 한 부는 보관하고 한 부는 거울 앞에 붙여 놓았다. 그러고 나니 숙제를 끝낸 느낌이다.

친구들이 너무 이른 것 아니냐고 했지만, 준비했다고 해서 더 빨리 가는 것도 아니고 준비하지 못했는데 갑자기 죽음이 찾아온다면 더 당황스러울 것이다. 그 말에 공감이 갔던지 많은 친구들이 복사를 해 갔다.

죽음을 준비하는 마음다짐

◇ 나 이지선은 생명연장을 위한 의료시술을 거부한다.

◇ 3기 이상의 암일 경우 수술을 거부한다.

◇ 모든 장기와 시신은 기증한다.

◇ 죽음 준비는 말기 암일 경우 호스피스 병실을 원한다.

◇ 온전한 자연사를 원한다.(죽음이 임박할 경우 병원에 실려 가지 않는다)

◇ 장례는 검소하게 축제로 치르되 내 문상객은 조의금을 받지 않는다.

◇ 시신은 화장하되 흔적을 남기지 않는다.

◇ 가능하면 집에서 임종을 맞이하고 싶다.

대략 이런 내용이다.

죽음 직전에 병원에 실려가 인공적으로 숨을 이어간다면 살아있는 게 아니라는 생각이 든다. 죽기 직전의 한 달 반 동안에 쓰는 의료비가 일생에 쓰는 의료비의 3분의 2를 쓰고 죽는다고 한다.

우리 인간은 태어날 때 죽기로 약속하고 태어난 것이다. 우리의 조상들이 떠나줌으로 해서 우리가 이 땅에서 살았던 것처럼 우리도 땅을 비워 주어야 후손들이 살아갈 것 아닌가? 어차피 떠나야 한다면 후손들한테 빚을 주고 간다는 건 염치없는 일이다. 가치 없이, 보람 없이, 숨만 쉬고 병원에서 오래 산다는 것은 축복이 아니다.

이제는 우리도 죽음에 대한 의식을 긍정적으로 바꾸어야 할 때다.

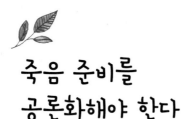

죽음 준비를
공론화해야 한다

요즈음은 어디를 가나 노인들의 세상이다. 60년도에는 어디를 가나 어린애들로 바글바글하던 때와 완전히 역전되었다.

문제는 물결처럼 밀어닥치는 노령화사회에 준비 없이, 구명보트도 없이, 바다 한가운데서 허우적거리는 노인들이 너무 많다는 것이다. 그들은 자신들이 부모를 부양했듯 자식들이 자기를 부양해 주리라 믿다가 부도 맞은 세대라서 더 당황스럽고 안타까워한다. 그러나 지금의 노인들은 그래도 초기라서 나을지 모른다. 노령연금 20만 원이라도 받을 수 있으니까.

숨 쉬고 있는 건 살아있는 게 아니다

그래도 건강할 때는 괜찮다. 까먹을 돈도 없고, 몸은 아프고, 자식은 제 살기도 힘들고……. 이건 살아있는 게 아니라 그냥 숨 쉬고 있는 것이다. 본의는 아니지만 사회와 국가에 자식에 큰 부담을 주어야 하는 처지는 모든 노인들이 가장 두려워하는 앞일이다.

자연적인 노화현상으로 집에서 편안히 죽고 싶어도 병원에 끌려가 억지로 수명연장을 시키는 의료행위로 모두가 경제적으로 시간적으로 지치고 힘들다.

본인들도 죽음에 대한 마음의 준비가 되어 있지 않아 죽는다는 게 두렵고, 자식들도 부모를 자연사 하도록 놔두면 큰 불효를 하는 것 같아 숨이 붙어 있는 한 항암치료, 수술, 인공호흡 등 할 수 있는 모든 것을 총동원하여 다 해봐야 최선을 다 했다고 자위하는 경우가 많다. 과연 이게 합당했는지 냉정하게 생각해 보아야 한다.

죽음은 태어나면서 같이 태어났다

살아있는 모든 생명은 태어나면서 죽음과 같이 태어났다. 하루하루를 살아가야 한다는 것은 죽음을 향해 가는 걸음이고 삶의 끝이 있기에 오늘을 아름답고 소중하게 살 수 있는 것이다.

중국을 통일한 진시황도 젊어서 그 많은 것을 놔두고 죽었고, 스티브 잡스도 부와 명성에도 죽음을 이기지 못했다. 너무도 당연한 사실을 어떻게 맞이하고 준비해야 하는지 가르쳐 주지도 않고 알려고도 하지 않는다. 오래 살 거라는 화려한 희망을 남발하는 데 상업적 의도가 숨어 있기도 하다는 것을 알아야 한다.

죽음 준비는 아름다운 마무리다

다행히 죽음 준비에 대해 알리고 아름다운 노후를 준비해야 한다
는 미풍이 불어오기도 한다. 대부분 봉사자들의 움직임이지만 이런
문제는 영국처럼 국가 차원에서 대대적으로 지원하고 교육해야 하는
문제이다. 그래야만 사회적인 비용도 줄이고 남은 노후를 아름답고
행복하게 보낼 수 있는 것이다.

모든 노인들의 소망은 건강하게 살다가 편안하게 떠나는 것이다. 이
제 우리 사회가 더 늦기 전에 서둘러 이런 준비를 해야 할 때다.

결혼·장례 문화,
개선해가야 한다

독일과 인도의 결혼식 풍경

독일 여행을 하던 중 결혼식이 있다고 해서 구경을 갔다. 우리로 말하면 동사무소 같은 곳에서 30여 명의 남녀들이 사무실에 모여 있었다. 그들의 입회하에 직원이 혼인신고를 끝내는 순간 모여 있던 사람들이 환호성을 하며 박수를 쳤다. 결혼식이 끝난 것이다. 평상복 차림의 그들은 앞에 있는 공원에 나와 술잔을 들고 모두 건배를 하며 축하했다. 역시 실용주의 독일답다는 생각을 했다.

인도에 갔을 때도 마침 결혼철이라서 여러 번의 결혼식을 보게 되었다. 상류층과 서민들의 결혼식은 우리나라처럼 차이가 있었다. 상류층은 우리의 상상을 초월했다. 축구장만한 공간에 전체를 화려하게 장식하고 100명이 넘는 요리사들이 직접 그 자리에서 요리를 해준다. 악단들의 풍악소리 무희들의 춤, 총을 든 수십 명의 경비원들. 3일 동안 그렇게 잔치를 한다.

그곳을 나오면 고개가 축 처진 갓난아기를 업은 여자들이 구걸하느라 손을 내민다. 서민들의 결혼식은 그렇지는 않지만 그 나라의 수준에 비해 호화로운 편이었다. 그래서인지 그 나라도 결혼하기가 쉽지 않다고 한다.

우리의 호화 결혼식에 젊은이들 멍들어간다

우리는 어떠한가? 주변에 혼기가 지났는데도 결혼을 하지 않아 부모를 애태우는 젊은이들이 많다. 출산율이 줄어드는 이유 중에 하나도 결혼을 기피하거나 하고 싶어도 과도한 비용 때문에 하지 못하는 경우가 많다.

이런 호화 결혼에 대한 사회적 문제는 대부분 부모들의 체면치레인 경우가 많다. 실용성을 주장하는 젊은 세대와 체면을 중시하는 부모 세대가 결혼식을 앞두고 충돌하다가 비용을 대는 쪽이 부모라서 그쪽으로 타협이 되는 세태다. 문제는 독일같이 간소하게 결혼하는 쪽보다 화려하게 결혼한 우리나라의 이혼율이 월등히 더 높다는 것이다.

죽어서 리무진보다 살아서 물 한 잔을

결혼식뿐만이 아니다. 장례식에도 많은 거품으로 해서 상주들의 어려움이 가중된다. 돌아가시는 분은 대부분 병원에서 또는 요양원에서 투병생활하다 돌아가시는 사례가 많다. 그 비용도 만만치 않은데 장례를 치르면서 허례허식이 참으로 많다는 생각이다. 평상시에 부모에게 제대로 못해드렸다는 죄송함에 마지막이니 잘 해드리고 싶은 마음이겠지만 그 내면에는 본인들의 체면치레 의도가 엿보인다. 시신운구를 리무진으로 하는 것을 보면서 살아계실 때 택시라도 제대로 태워드리지 그게 무슨 소용인가 싶다. 물 한잔이라도 살아있을 때 드려야지 죽어서 꽃가마는 산사람의 위로에 지나지 않는 것이다.

지금까지 돌아가신 분들은 자식을 칠팔 남매를 낳으셨던 분들이 많아 초상을 치르고도 병원비가 나온다는 계산이지만, 앞으로는 아니다. 한두 명의 자식이 양쪽 부모 네 분을 보내야 하는 경우가 허다하다. 그들의 생활도 빠듯한데 네 번의 초상은 버거운 일이다.

돌아가시는 분이 초상 경비를 주고 떠날 수 있다면 다행이지만 그러지 못할 경우 사회적인 문제로 번질 것이다. 이미 그 사례가 있지 않은가? 시신을 두고 도망가 버린 자식들을 향해 그럴 수가 있느냐고 모두가 지탄했지만 앞으로는 그럴 수 있는 일들이 많이 벌어질 것 같다. 고인의 명예를 훼손하지 않으면서 검소하고 조촐하게 지내는 장례 문화를 권장해 가야 할 것이다.

호화로운 결혼식이 호화로운 결혼생활을 보장해 주지 않는다는 걸 결혼해본 사람은 안다. 오히려 과도한 빚으로 파탄에 이르는 부부가 많다. 크게 시작해서 작아지는 것보다 작게 시작해서 갈수록 커가는 삶이 행복을 느끼고 보람찬 일이다. 장례도 그렇다. 죽어서 진수성찬보다 살아있을 때 따뜻한 밥 한 그릇이 효자인 것이다.

지금부터 개선해가지 않으면 사회적인 큰 문제가 될 것이라는 생각을 해 본다.

고백

님이 부르시는 날
크게 대답하리라
나 여기 있노라고

님이 만든 세상이
벅차도록 아름다워
다 눈으로 담지 못했음을
고백하며 고개 숙이리라

님은 역시 '짱'이었다고